小学館文庫

# ロスねこ日記

北大路公子



小学館

もくじ


二〇一七年

第一回　猫が足りない　006

第二回　猫穴は埋まる？　018

第三回　種である　031

第四回　母の心　040

第五回　猫さえいれば　051

第六回　アイドル誕生前夜　062

二〇一八年

第七回　いつもより多め　074

第八回　母は敏腕マネージャー　085

第九回　そろそろ……　096

第十回　ステージへ　107


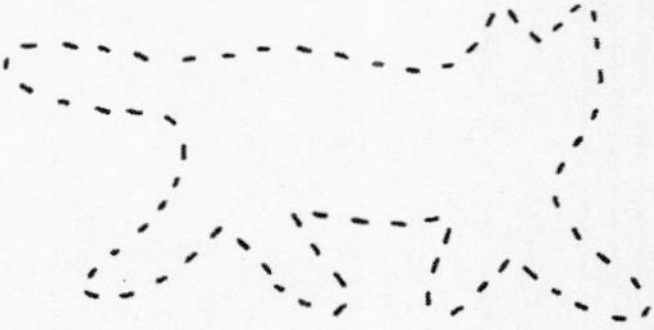

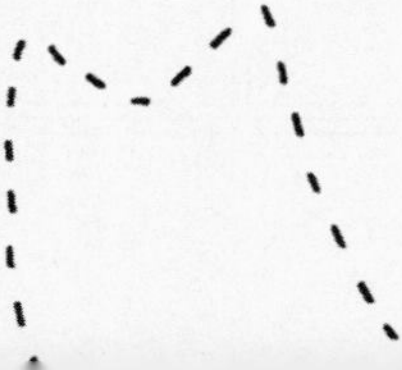

第十一回　花の命は　118
第十二回　四男の信仰心　129
第十三回　この世界のどこかに　140
第十四回　つづらの中身は　151
第十五回　澄んだ目で　162
第十六回　水は大切に　174
第十七回　本質は土の中　185
第十八回　カラスの宝物　196
第十九回　藁の家　208
第二十回　穴を埋めたもの　220
おまけ　天まで届け　232
文庫おまけ　猫が足る……　244
解説　町田そのこ　248

二〇一七年

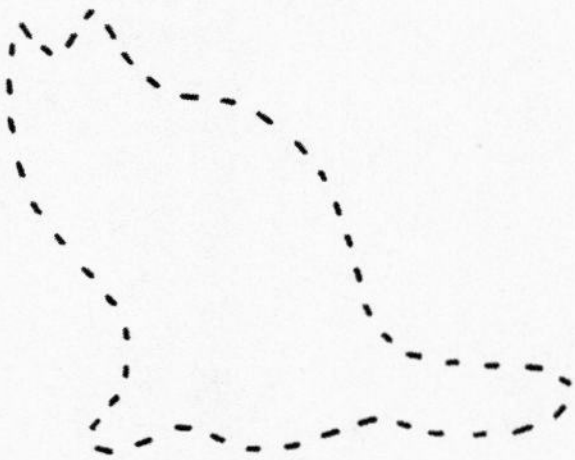

# 第一回　猫が足りない

インターネット、とりわけSNSを日々眺めていてつくづく思うのは、「世の中の人は猫を飼い過ぎではないか」ということである。と同時に「その猫を見せびらかし過ぎではないか」ということでもある。

実際、SNS界を覗《のぞ》くと、至るところに猫がいる。寝て起きて寝て遊んで食べておすましして寝て寝てと、おもに寝ている姿が多いが、常に誰かが猫の画像をアップしているのだ。

右を見ても猫。左を見ても猫。

これが我々の生きる二十一世紀である。

インターネットは社会のさまざまな側面に光を当てたが、「人は隙あらば自分ちの猫を自慢したがる生き物である」との真実もまた明るみに出した。

まったく、これだけのスピードで通信技術が進み、なおかつ見知らぬ人からこれだけ飼い猫自慢をされる未来が来るとは夢にも思わなかった。かつて友人の家で見せられる結婚式や子供の運動会のビデオに対し、「いやいやいや。正月の親戚の集まりでやって」と拒絶反応を示してきた人々も、軒並み猫を見せ、そして見せられている。誤解しないでもらいたいのは、私が人々の猫自慢を責めているわけではないということだ。むしろ逆だ。猫はいい。家にいれば誰だって自慢したくなる。できることなら、私だってしたい。嬉《うれ》しい時も悲しい時も寂しい時もお腹《なか》がすいた時も叱《しか》られた時も眠い時も大好きな稀勢《きせ》の里《さと》が勝った時も負けた時も、とにかく猫を愛《め》で、撫《な》で、心を癒やし、写真を撮り、自慢し、「我が家のおりこうちゃんのふわふわちゃんでちゅー」と赤ちゃん言葉で逐一SNSにアップして、皆から「化け猫キモばばあ」と呼ばれて遠巻きにされたいのだ。されたいのだが、でもされない。なぜなら猫を飼っていないからだ。

生活に猫が足りていないことは、わかっていた。飼い猫が死んで十五年近く、私の生活からはすっかり猫の気配が消えてしまった。

もちろん社会人の嗜《たしな》みとして、心の中に常に猫はいる。誰にも見えない猫だが、今ではすっかり友達だ。心の猫は、いつだって私に寄り添ってくれる。一緒に笑い、泣き、疲れた夜には風呂の一つも沸かし、愚痴を聞きながら晩酌の相手をにゃあにゃあ務める。最近では、いざという時の借金にも応じてくれそうなところまで成長した。だが、それをSNSで自慢したところで、別の意味の「化け猫キモばばあ」となるだけであろう。

結局、心にぽっかり空いた猫の穴は、脳内猫や他人の猫写真では埋め切れないのだ。私は一生、この穴を抱えて生きていくしかない。そう諦めにも似た覚悟をしていたある日、担当編集者のK嬢が言った。

「何かを育ててみてはどうでしょう」

よほど空虚な生活に見えたのだろうか。あるいは事あるごとに、「本当はうちの死んだ猫が世界で一番かわいいのだが、他の人はうちの猫を知らないので、自分の猫が一番かわいいと思っている。気の毒なことであり、幸せなことでもある」などと聞かされるのに疲れたのだろうか。いずれにせよ、猫穴を埋める手立てを考えてくれたのだ。

しかし残念ながら、我が家には今後、時間と人手が抜群にかかりそうな老親が二人いて、何かを育てるといっても、これ以上生き物を増やすのは難しい。もし二人と一匹が同時に病に倒れたらと考えただけで、気が遠くなる。私は非常に器の小さな人間なのだ。

「そういう事情なので、このお話はなかったことに……」

おずおずと断りの言葉を述べると、K嬢が思いがけない提案をした。

「動物じゃなくて植物はどうですか」

「植物？」

その考えはなかった。なかったが、「生活の潤い」という点から考えると、まんざら悪い話ではないかもしれない。緑のある暮らしは心を豊かにするともっぱらの評判であるし、花は無口であるけれども人の愛情を感じ取ることができるとも聞く。優しい言葉をかけると美しく咲くなどと、一歩間違えば得体の知れない水やらなにやらを買わされそうな話もある。それくらい奥ゆかしくかつ繊細なのだろう。私にそっくりである。

ただ問題が一つあって、それは私が園芸方面に一切興味がないことだ。興味がないので経験もない。猫のように「あらあらめんこちゃんでちゅねー」と愛情をもって育てられるかどうか、まったくわからないのである。

「大丈夫かなあ」

「大丈夫ですよ！」

K嬢は自信満々だ。根拠は謎だが、心強いといえば心強い。

「やればできます！」

確かに私の場合、母が俗にいう「みどりのゆび」の持ち主である。さほど熱心に世話をしている風には見えないのに、あっという間に緑を繁《しげ》らせたり、花を咲かせたりするのだ。私にもその血が流れていると考えれば、ものが花だけに、一気に才能が開花する可能性もないことはない。不安要素があるとしたら、同じ親から生まれた妹が以前、「どんな植物も私にかかれば枯れてしまう……」としょんぼりしているのを目撃してしまったことだが、しかし、ひょっとすると私は赤ん坊の時に誘拐されたどこその国の王女かもしれず、そうすると妹とは血が繋《つな》がっていないため何の問題もない、と思わせておいて、同時に母とも他人ということになり、一体どこに活路を見出《みいだ》せばいいのかわからないのである。何を言っているのか。

いずれにせよ、花のある生活には希望がある。自分が種から育てた鉢植えに、ある日、可憐《かれん》な花が一輪咲く。その儚《はかな》げな花びらを見つめる私の胸は、徐々にあたたかなもので満たされていくだろう。そう、猫穴が再び愛で埋まっていくのだ。

「やってみようかな」

K嬢に告げると、「いいと思います！」と私以上に乗り気になっている。

「では手始めに椎茸《しいたけ》はどうでしょう」

「え？」

「そういう栽培キットが売られているので、育てやすいと思います」

「花は……？」

「美味《おい》しいですし」

「食べるの……？」

いや、椎茸だから当然食べるのだろうが、その場合、猫の穴を埋めるべく育てた椎茸を食べてしまうというのは、愛する猫を食べることにはならないのだろうか。というか、食べた後にはまた穴が空くのではないのだろうか。ゴールはどこにあるのだろうか。

「えーとですね、椎茸だけではなく、さまざまなものを育て美味しく食べることによって、最終的には死んだ猫への思いの昇華というか成仏的なところを目指すのです」

なるほど。丹誠込めて育てた椎茸その他を食することで私は猫と同化し、その生命を永遠に自分の中に取り込むということか。了解である。取り込みたいかどうかは別にして。

●九月十五日

K嬢が手配してくれた「もりのしいたけ農園　栽培容器付」が届いた。

一見すると普通のダンボール箱であるが、この中に今日から私の猫となる椎茸の素《もと》的な何かが入っているのだ。胸が高鳴る。しかも、出会いの楽しさを満喫するべく、事前にネットで検索するなどの野暮は控えており、正真正銘の初対面である。

「こんにちはー。はじめまちてー」

第一印象が肝心であるから、明るく蓋《ふた》を開ける。

「さあ、めんこちゃん、お顔を見せ……うわあああ」

緩衝材の奥から現れたのは、猫とはかけ離れた（そりゃそうだ）風貌《ふうぼう》の、初めて目にする奇妙な物体であった。茶色の筒状で、一見すると木の切り株。しかし持ち上げてみると切り株よりはずっと軽い。なにより目を引いたのはその表面。一面に白い染みというか蕁麻疹《じんましん》のような何かがみっしりと浮き出ているではないか。

最高に、き、気持ちわる……いや、なんでもない。

愛情を注いで育てねばならぬ椎茸である。偏見を持ってはいけないのだ。気を取り直して、説明書片手に全身を検《あらた》める。猫なら皮膚病を疑い、すぐさま動物病院へ連れて行く状況だが、どうやら椎茸の素の場合はこれが正常な姿のようで、見本写真にも同じような斑点が確認できた。ちなみにこの椎茸の素、正式には「国産広葉樹を粉砕したおがくずと穀物を主原料とした栄養と水、それに『シイタケ菌』だけででき」た椎茸専用の栽培ブロックであり、「有害となるような物質は一切使用しておお」らず、使用後は「土壌改良材」（腐葉土）の代用品としても使うことができるという、開発者の高い技術とキノコへの愛情が伝わる優れものである。

病気ではないことが判明したので、まずは説明書に従ってビニール袋から取り出す。表面は直《じか》に触ると若干ぬめぬめしていて、さらに気持ちわる……いや、なんでもない。次にそれを水道水で優しく洗う。猫と違って椎茸は自分で毛繕いができないため、人間が清潔を保ってやらねばならぬということだろう。ちなみに「高温期（六〜九月）」は、この時点で三十分ほどゆったり水風呂に浸《つ》けるといいらしいが、同じ九月でも北海道はまったく高温期ではないと判断して、シャワーだけで簡単に済ませておいた。

水浴びを終えてさっぱりしたところで、付属の栽培容器に収める。ドーム形の透明ポリ容器である。これが、椎茸の素の家になるのだ。

「さあ、新しいおうちでちゅよー！　これでもう安心でちゅよー！　悪いヤツから守ってあげまちゅからねー」

と、相手が猫なら声をかけるところだが、実際は茶色い椎茸の素なので、さすがにそこまで気分は盛り上がらない。説明書の指示どおり霧吹きで水を掛けながら、

「…………」

と無言で見つめるにとどめた。

●九月十六日

椎茸栽培の最大の注意点は、表面を乾燥させないことらしい。常に「しっとりとしている状態」を保つことが大切だそうだ。仰せのとおり、日に数度、霧吹きで水を掛ける。何の感慨もない作業であったが、噴霧後にドームが水蒸気で曇りはじめ、「椎茸だって生きているんだ！　呼吸しているんだ！」という気配を出してきたあたりか

ら、生き物を相手にしている実感がかすかながら湧いてきた。喋《しゃべ》らずとも動かずとも、やはり命である。そう思って、水やりの時にしみじみ観察すると、例の白い斑点部分が何かの発疹のようにぼこぼこと盛り上がっていた。「う……」と思わず息を呑《の》む。正直言って非常に気持ちわる……いや、なんでもない。

●九月十七日

当たり前のことだが、椎茸の生育には気温も大きく関係している。説明書によると「お勧め栽培温度」は、日中が二十〜二十三度、夜間は十八度以下らしい。最近の札《さっ》幌《ぽろ》の最高気温はだいたい二十度前後、最低気温は十五度以下あたりであるから、室内に置いていることを考えると、ほぼ理想的ではないかと思う。全然知らなかったが、九月の札幌は椎茸栽培に向いているのだ。

それを証明するかのように、白い斑点部分が猛スピードで椎茸化してきている。発疹は今や突起となり、その中心に茶色い円が出現しはじめた。おそらくはそこが傘になるのだろう。全体像として何かに似ていると思ったら、フジツボがびっしり付着した蛸壺《たこつぼ》である。斑点から発疹、フジツボを経てやがてキノコへ。生物の進化というのは不思議なものであり、同時に実に気持ちわる……いや、なんでもないです。

進化の最先端を突っ走るものの中には、既にキノコへと姿を変えたものもいる。キノコというか、今はまだ「きのこの山」そっくりだが、それにしても生長が速い。猫でいうと、生まれて三日くらいで人間の言葉を理解し、「ごはん」と耳にしただけですっ飛んでくるイメージだろうか。この調子ではすぐに猫又《ねこまた》になってしまう。

●九月十八日

昨日までのフジツボが、ほぼ全員「きのこの山」へと姿を変えていた。本当に驚くべきスピードである。昔、「あんまり早く大きくならないでねー。大きくなったらすぐにおじいさんになって死んじゃうからー」と事あるごとに飼い猫に頼んでは、「縁起でもないこと言わないの！」と家族に叱られたものだが、今回ばかりは家族も私の言葉に異議を唱えることはできまい。とにかく生長のスピードがものすごい。最先端キノコは、ほぼ椎茸の形状を獲得している。写真を撮ってK嬢に送ると、K嬢が私の椎茸たちに名前をつけてくれた。

けめたけ。

けめこ（の異名を持つ私）のキノコである。

けめたけよ、頑張って美味しくなっておくれ、と初めて優しい気持ちで語りかけた。

●九月十九日

ほとんどのけめたけが椎茸となり、あれほど気持ち悪かった（言っちゃった）椎茸の素が、今は完全に命を支える「ほだ木」にしか見えなくなった。ほだ木から生えた小さな赤ちゃん椎茸たちが、上に向かってにょきにょきと枝……じゃなくて軸と傘を伸ばしている。

●九月二十日

けめたけの生長が止まらない。一夜にして赤ちゃんの気配は消え、若い食べ頃椎茸の出現である。昨日まで新生児室の様相を呈していた椎茸の素は、今やどこかの大学のラウンジのようだ。私もぼやぼやしてはいられない。インド舞踊だかタイ舞踊だかの名手のように首をくねくねと回しつつ、けめたけの傘裏を覗く。収穫可能な状態にあるか否かを確かめるのだ。「傘が開いて、傘の裏側にヒダが見えるようになったら」食べ頃の合図である。その結果、大きさはまちまちであるものの、多くが収穫時期を迎えていることがわかった。

「よし」

果物ナイフで軸の根元を切る。「よくぞここまで育ってくれた」と感慨にふけるほどの日数をともにしていないので、自分でも呆《あき》れるくらいの思い切りのよさである。

調子に乗って次々収穫し、最終的には二十五本。市販のものに比べると全体的にこぶりであるものの、調理用のバットに並べると、どこへ出しても恥ずかしくない立派な椎茸となった。

　今晩、これを夕飯のおかずにするのだが、それにしても五日。しつこいようだが、初めて会ってから五日でこの完成形である。映画『エイリアン』で、人間の体内に産みつけられたエイリアンの幼虫が腹を食い破って現れ、あっという間に脱皮したかと思うと、すぐさま別の人間を食いちぎるような薄気味悪……いや、なんでもない。

　いずれにせよ、初めての収穫である。改めて何か特別な気持ちになるかと、しばし眺めていたが、

「椎茸……」

　という感想しか出なかった。とりあえず、ほうれん草と一緒にソテーにしようと思う。

# 第二回　猫穴は埋まる？

〈前回のあらすじ〉

二〇一七年、ネットの世界は二つに分かたれていた。猫を持つ者と持たざる者である。持つ者は、日々その手にある猫を自慢した。SNSには持つ者のアップした猫画像が溢《あふ》れ、持たざる者はただそれを眺めた。完全なる猫格差社会がそこにはあった。持たざる者は、心の真ん中にぽっかり空いた「猫穴」を抱えて生きるしかなかった。暗く寂しく深い穴である。持たざる者は考えた。いつかその穴を埋めることができるのだろうか。できるとしたら、それは一体何だろう。かつて飼ってきた猫との思い出か、あるいは「次の猫」か、もしくは椎茸か。

椎茸？

そう、ある日、持たざる者のところに椎茸栽培キットが送られてきたのだ。送り主は担当編集者K嬢。「何か生き物を育てることで猫の穴を埋めよ」とのお達しであった。猫と椎茸の共通性について未《いま》だ十分な議論や研究がなされているとは言い難い現状下で、持たざる者は素直に椎茸を育てた。水、水、水。水だけで椎茸は異様な生長を遂げた。わずか五日で、二十五本の収穫である。「けめたけ」と名付けたそれら椎茸を前に、持たざる者は再び考えた。味はいかなるものなのか。食べることで自分自身に何がもたらされるのか。そして「前回のあらすじ」とは、一体どこまでどう書けばいいものなのか。

●九月二十日

収穫したけめたけを母に見せたところ、「うわあ！　なんだか本物みたい！」との感想が寄せられた。言うまでもなく、本物の椎茸である。さらに続けて「家の中でこんなものが育つの？」と、大麻を押し入れで栽培して逮捕された人のニュースを見た時と同じ感想を述べていた。もちろん育つのである。

おそらく売っているものと遜色がないと言いたかったのだろう。しかし、実際の売り物と比べると、やはり、全体的に色白で線が細い。猫でいうと、カーテン駆け上がり期のフォルムである。ご存じだろうか、カーテン駆け上がり期。猫というのは子猫と大人猫の中間あたり、子猫の好奇心を残しつつ体が大きくなってきた頃に猛烈にカーテンを駆け上がる時期があるのだ。少なくとも、昔うちで飼っていた猫にはあった。カーテンだけでなく、なんなら壁も駆け上がり、そのまま棚の最上段に着地、最後は下りられなくなって、

「たーすーけーてー！」
と、この世のものとは思えないかわいらしい声で鳴くのである。今、思い出しても、天使としか考えられない。収穫したけめたけにも、ちょうどそのような時期の佇《たたず》まいがある。大人になりきれていない若者の気配だ。

その若者たちを、躊躇《ちゅうちょ》なくソテーに。薄情だとお思いかもしれないが、しかしいつまでも親元に置いては腐っていくばかりである。せめてもの愛情の発露として、ネットで正式なレシピを調べることにする。いつもは適当に塩胡椒《しおこしょう》をあれしてバターをそれしているのだが、ここはきちんと送ってあげたいと思ったのだ。ところが検索結果を見ると、なんと皆言ってることが見事にばらばらではないか。

ほうれん草を茹《ゆ》でる茹でない。オイスターソースを入れる入れない。サラダ油を使う使わない。にんにくを加える加えない。いやいや、ベーコンがあれば味が変わってより美味しい（そりゃそうだろう）。

まったくもってここは自由の国である。結局、正解などないと判断して、いつものように適当に塩胡椒をあれしてバターをそれしたところ、まあ、なんということでし

ょう。これが素晴らしく美味しいではありませんか。

もちろん素晴らしいのは私の料理の腕ではなく、けめたけである。椎茸の濃い風味を残しつつも臭みはなく、ぷりぷりとした食感がみずみずしい。自分の手柄ではないと知りつつ、「美味しいよね！　美味しいよね！」と、『美味しんぼ』の海原雄山《かいばらゆうざん》が聞いたら「旨《うま》いのは椎茸自身の手柄だ。作った人間が偉いわけじゃない。人の道を学び直すことだな」と説教をされそうなくらい興奮してしまった。

ポイントは、やはり食材の鮮度であろう。新鮮なほど美味しいのは、ビールと同じだ。ビールも出来たてを工場で飲むのが一番美味しい。つまりは、工場見学の試飲ビールが世界で一番なのである。このことはいつか声を大にして訴えたいと思っていた。せっかくなので、今、訴える。

いいか！　世界で一番美味しいビールは工場見学の試飲ビールだぞ！

訴え終わって気が済んだところで話を続けるが、けめたけとほうれん草のソテーは、家族の評判も上々であった。父に至っては「椎茸？　これ本当に椎茸？」と確認までしていた。今まで食べた椎茸とは違ったのだろう。ただ、「茄子《なす》？」とも言っていたので、味云々《うんぬん》ではなく、見た目の話だった可能性もある。

●九月二十一日

二十五本もの椎茸を切り出して寂しくなった椎茸の素から、さらに九本を収穫。残りは二本となった。算数の問題みたいだ。

「ケメコさんは死んでしまった猫の代わりに椎茸を育てました。最初に二十五本を収穫しました。次の日には九本を採りました。椎茸の素には二本残っています。猫は何歳まで生きたでしょうか?」

「知らんがな」

●九月二十二日

残り二本のけめたけを収穫。これで椎茸の素は丸裸になった。開始から一週間、全部で三十六本の収穫である。多いのか少ないのかはわからないが、中庸を愛するあいまいな日本人の私としては、これを平均的な数だと思いたい。

●九月二十三日

説明書によると、収穫後の椎茸の素はひとまず休ませなければいけないらしい。二週間から三週間、栽培容器の中で寝かせるのだそうだ。猫もあまり人から触られてばかりだとストレスがたまるように、椎茸にも一人の時間が必要なのだろう。

ただし休むのは椎茸だけで、人間の方は気が抜けない。休息中も容器の中が「常に結露する程度」の水分を与え続けなければならないのだ。収穫を終えた椎茸の素は、しょんぼりと枯れているように見える。日に数度、その枯れた椎茸の素に水を掛ける。ぐっすり眠っている猫を見ると「もしや死んでしまったのでは……？」と不安になって鼻先にティッシュをかざすことがあるが、死んだように見える椎茸の素も実は生きているということだろう。

夕飯に、けめたけを食べた。昨日《きのう》と一昨日《おととい》に収穫した分である。グリルで焼こうかと思ったが、面倒になったので再び炒《いた》めたところ、前回とはまるで別物で驚いた。決して不味《まず》いわけではないものの、風味がほとんど消えていたのだ。あれだけ鮮度が大事だと言っていたのに、二日くらいならと油断してしまった。生長が早い分、収穫後の劣化も早い。これはもう採ったら採っただけその日のうちに食べ切った方がいいと思う。

●九月二十四日

丸裸の椎茸の素に水をやる。

●九月二十五日

丸裸の椎茸の素に水をやる。

●九月二十六日

丸裸の椎茸の素に水をやる。そろそろ飽きてきた。椎茸の素は全体的に縮んだようで、さらにどこからともなく茶色い汁が染み出してきている。本当にまだ生きているのだろうか。この汁は何だろうか。

●九月二十七日

けめたけの栽培が一段落したことを知ったK嬢から、今度は「まいたけ栽培キット」が届いた。みるみるうちに育ってしまった椎茸では、私の猫穴を埋め切れないと判断したのか、「今度はちょっと本格的な感じになります」とのことだ。受け取ったのは大小二つのダンボールである。ここに本格的な感じの何かが眠っている……と思うとなんとなく怖気《おじけ》づいて、そのまま放置してしまった。

●九月二十九日

いつまでも放置しているわけにはいかないので、箱を開けることにした。大きな箱には栽培に必要なプランターや土が、小さな箱にはまいたけ栽培キットが入っているらしい。まずは小さい方から開封。顔を見なければ、愛情も湧きようがないからだ。

「はい、こんにちはー。お顔を見せてー」

「……」

無言で中から現れたのは、切り株のような物体が三本。椎茸の素に似ているが、それよりは若干小ぶりで色も白っぽい。説明書によると、『ドクターモリのまいたけ原木ホダ木（完熟）』である。ドクターモリがどなたかも知らず、何が（完熟）しているのかもわからない。わからないが、なんとなく身の引き締まる思いがする。

続いて大きな箱からプランターと土を取り出した。土は「赤玉土」と呼ばれる粒状の赤土だ。それをプランターに敷き、原木ホダ木（完熟）を並べる。「まいたけはホダ木を寄せ集めた方が、大柄のキノコになります」とのことなので、三本をおしくらまんじゅうのようにぎゅっとまとめて置いた……と言いたいところだが、その指示については原稿を書いている三ヶ月後の今、確認のために読み返した説明書で初めて知った。びっくりした。全然気づかず、等間隔に並べて置いてしまったではないか。

まあ、過ぎたことは仕方がないので話を続けるが、並べたホダ木の上にさらに土を盛り、遮光ネットを全体に被《かぶ》せる。土の表面が乾かないように、これまた日に何度もじょうろで水を与える。すると、なんということでしょう。来年の九月頃には、美味しいまいたけが生えてくるというではありませんか。

一年後かよ。

椎茸の五日もすごいが、まいたけの一年後もすごい。いや、すべてのまいたけが発生までに一年かかるというわけではなく、植えた時期によるらしいのだが、それにしても一年。このクソ寒い北海道の地で越冬は大丈夫だろうかとK嬢に尋ねると、「まいたけ菌が寒さで死滅することはございません」と、突然ドクターモリが憑依《ひょうい》したかのような物言いである。「直接、雨が当たらなければ外に置いておいてかまいませんとのことだが、これからの季節は雨ではなくて雪である。失敗の予感しかない。

●十月四日

毎日世話をしているうちに、まいたけのことが少しずつわかってきた。何がわかったかというと、今のプランターでは深さが足りないことと、プランターには受け皿が必要なことである。ホダ木とプランターの高さがほぼ同じであるため、ホダ木を完全に覆うためには土を山盛りにする必要があるが、そうすると遮光ネットを剝がして水をやるたびに土がぼろぼろとこぼれる。さらにじょうろで水を掛けると下から茶色い水が洪水のようにだだ漏《も》れるのだ。

慌ててホームセンターに走り、受け皿と園芸用の支柱を購入。プランターと土との間にボール紙を差し込んで高さを出し、支柱でアーチを作って直接遮光ネットが土に触れないようにした。受け皿も設置。完成してみると、今までの仮住まい的な雰囲気が、一気に新築一戸建て風へと変化した。K嬢に写真を送るととても喜んでくれ、まいたけに名前をつけてくれた。

きせのさこ。

私の好きな稀勢の里を彷彿《ほうふつ》させる中に、「きのこ」の三文字が隠れている労作である。

●十月十日

日々、椎茸の素とまいたけに水を掛け続けている。猫から遠ざかっていると感じるのは気のせいだろうか。

●十月十六日

最後のけめたけ収穫から三週間余り、椎茸の素はすっかり軽く小さくなってしまった。毎日水を吹き掛けてはいたものの、今や干からびた切り株のミイラである。

二回目の収穫を目指すにあたっては、そろそろそのミイラを水に浸けなければいけないらしい。時間にして八時間から十五時間。そうすると再び元気になって椎茸を生やすのだそうだ。まるで魔法である。昔、飼い猫と別れるのが嫌で死なない猫がほしいと願ったものだが、ひょっとするとこれが憧れの死なない猫なのだろうか。

椎茸の素復活の日に向け、プラスチックの樽《たる》に水を張る。樽は以前、母が突如お高い味噌《みそ》を買ってきた時の容器だ。当時は「味噌の味なんてこの貧乏舌一家にはわからんのに無駄なことよ……」と呆れたが、まさかこんなところで役に立つとは思わなかった。

水に入れた椎茸の素は、そのままではぷかぷか浮いてきてしまうため、厚手の皿を被せて押さえ、さらに漬物用の重しを載せる。必死に浮かび上がろうとするところを力ずくで沈めるのだ。猫だと思うと虐待している気になるので、今だけ便宜上の魚として捉えることにする。水を得た魚。というか、素直に椎茸の素として捉えればいい。

●十月十七日
干からび具合が顕著だったので、説明書より長めの二十四時間ほど浸けてみた。水からあげると明らかに重くなっており、しっとりと濡《ぬ》れた表面が黒く輝いている。魂が宿った感じがなんとも頼もしい。再び部屋へ運んで栽培容器に入れた。ほどなく容器の内側がみっしりと曇り始め、いよいよ再始動である。

●十月十八日
椎茸の素に見慣れた発疹が現れていた。早くもけめたけが発生しはじめたのだ。私も二度目であるから、この後の経過は予測がつく。この発疹がフジツボとなり、きのこの山を経て、椎茸へと生長するのだ。

●十月十九日
フジツボ現る。

●十月二十日
きのこの山現る。

●十月二十一日
きのこの山の一部が椎茸化。予想どおり過ぎてつまらない。

●十月二十二日
目が覚めて驚いた。けめたけが一晩で一気に生長しているのだ。数が増えたばかりか、一つ一つの傘も大きくなり、ほとんど重なり合っている。前回はこんなことはなかった。ドラえもんが来て、「ビッグライト」でも当てたようだ。部屋にキノコ臭がするくらいの勢いである。

●十月二十三日

けめたけはもう手に負えないほど大きくなってしまった。予想どおり過ぎてつまらないとの言葉が、椎茸の精を怒らせてしまったのだろうか。猫だと思って飼ったら実は虎だった、という時はこんな気持ちかもしれない。大きなけめたけを三十三本収穫した。それでもまだかなりの数が残っている。大豊作だ。そして美味しい。

●十月二十五日

二十七本を収穫する。夕方、妹が来たので今晩中に食べるように言い含めてお裾分け。「今まで食べたことのない美味しさだったよ！」と連絡が来るかと思ったが、夜になってもナシのつぶてだった。あの美味しさは飼い主の贔屓目《ひいきめ》だったのだろうか。

# 第三回　種である

●十月二十一日

昨日、初雪が降ったという噂《うわさ》を耳にしたが、もちろん信じてはいけない。そう思うからそう見えるのであって、あれは「初雪ではない何か」である。そして前回、十月二十五日に二度目の椎茸の収穫をしたところで終わったこの日記、実は日付が戻っているのだが、それも気にしてはいけない。物事の細部に囚《とら》われ過ぎると、大局を見失うことになるからである。また、「猫を飼う代わりに植物を育てると言っておきながら、最初が椎茸とはどういうことだ。菌類ではないか」との声もあろうが、だからそういうことばかり気にしていては出世しないのである。いい例が私である。私はNHKの朝ドラを観《み》て、ヒロインが掛け布団を踏んで歩くのはけしからんとか、明治生まれの人が現代的な言葉を駆使しているとか、昭和四十年代の病院がバリアフリーだとか、細かいことに異様にこだわるため「テレビ小姑《こじゅうと》」と呼ばれており、案の定まったく出世していない。困ったものだ。

そんなわけで初雪ではない何かが降ったこともあり、ここからは気温も気分も下がるばかりである。唯一、威勢がいいのが椎茸のけめたけで、今のところ二度目の発育が順調だ。三度目はあまり生えてこないと説明書にはあったので、おそらく今回が収穫のピークなのだろう。

一方、まいたけのきせのさこは、来年の九月までじっとプランターの土の中である。きせのさこは本当におとなしい。ここだけの話だが、あまりにおとなし過ぎて、最近水やりが億劫《おっくう》になってきている。存在感がないうえに、見た目が単なる土だからだ。

水をやりながら、

「大きくなってくだちゃいねー」

と気持ちを盛り上げようとしても、茶色い表面がただしんみりと湿っていくだけ。きせのさこが中で眠っているという実感がなかなか湧かず、張り合いというものがない。やはり猫はじゃれてこそである。

しかも、このきせのさこ、冬の北海道でも外で越冬させてかまわないというが、どうにも信用できないものがある。雨のあたらない屋外に置いて、でも遮光ネットの下の土はいつも湿らせておいて、などということが可能とは思えない。そもそも冬に雨は降らないし、その時期の戸外に「湿る」という状態は存在しない。あるのは「凍る」だ。湿ったのも束《つか》の間、すぐ凍る。きせのさこは生きていけるのだろうか。

K嬢から新しい栽培キットが届いた。今回は「スプラウト」だという。何だろう、スプラウト。よく知らないが、草っぽいものであるのは間違いないらしい。ついに本物の植物がやってきたのだ。緑は人を癒やすことで有名だ。確かになんとなくではあるが私の気分も明るくなり、開封の儀も若干テンション高めに執《と》り行われた。

「こんにちはー！　今度はどんなめんこちゃんかなー」

「種です」

まあ、種である。

袋分けされた種が六種類、専用の栽培容器とともに入っていた。

かいわれブロッコリー
マスタード（からし菜）
豆苗
白ごま（セサミ）
大豆もやし（姫大豆）
そばの芽

種であるからビジュアル的には、けめたけやきせのさこの時のような衝撃はない。

というか、実際は袋に入っているため、この段階では素顔を見ることができない。そこで一つ一つ封を開け、中を個別に覗いてみることにする。

「こんにちはー！　どんなお顔かなー」

「種です」

だから、種だ。

似たような姿形の種が六種類、それぞれの袋に詰められていた。

「種ですね」

残念ながら、私に理解できるのはそこまでである。色や形の違いはあるものの、正直、誰が誰だか区別がつかない。たとえばテーブルの上にすべてが交ざり合って置かれていた場合、瞬時に六人を見分けて、

「マスタード！　こんなところにいたのか！　捜したんだぞ！」

「そばの芽ったら！　どこに行ってたの？　電話の一本くらい寄越《よこ》しなさい。心配するじゃないの」

などとは決してならないのである。

もちろん、種には種なりの違いというものがあるだろう。昔、飼っていた猫には一緒に生まれた兄弟姉妹がたくさんいて、その子猫たちが毛糸玉のように重なり合ってみゃあみゃあ鳴いている中から、妹が一匹選んで貰《もら》い受けてきたのだが、「あんなに

たくさんいる中で、間違いなくうちの猫が一番めんこかった。眩《まぶ》しいくらい光り輝いていた」と言っており、それは真実であるからして、種に関しても同じく個性のようなものがあるはずだとは思う。しかし、素人《しろうと》の悲しさか、どれもが同じように見えてしまうのだ。これでは育ての親としての示しがつかない。

そこで、とりあえず生長後の姿で区別をつけることにした。袋には一人前になった大人の姿が印刷されているので、それを見て個性を把握するのだ。六枚の袋をカードのように並べて一人一人をじっくりと見比べる。

うむ、全員かいわれ。

どこからどう見ても、ほぼかいわれである。正確には、白ごまと大豆もやしだけが多少ビジュアルを異にするが、それでもスプラウトとして流れる血は同じである。ましてや残りの四つ（かいわれブロッコリー、マスタード、豆苗、そばの芽）は、ほぼ同じであるといっていいだろう。

我が家に六つ子が来てしまった。

そう覚悟するしかないことがわかった。突然の子沢山《こだくさん》である。何の心の準備も出来ていないうえに、頼るべき夫もいない身の上で、いきなり六つ子の母となってしまった。不安がよぎるが、しかしうろたえている暇はない。私が子供たちを育てていかねばならないのだ。この女の細腕で。というか、先日、母親から「どうしたの？　腕、腫れてるんじゃない？」と真顔で心配されたほどの太腕で。

早速、種蒔《たねま》きを開始する。が、そのためには子供を一人、選ばなければならない。専用容器が一つしかなく、全員を一度に育てることはできないからだ。かわいい我が子をこの手で選別せねばならぬとは……。悩んだ末、最終的にかいわれブロッコリーを選んだ。なぜかというと、一番食べやすそうだから。猫だ我が子だと言っておきながら、「一番食べやすそうだから」。羆《ひぐま》が人を襲う時は女子供を最初に狙う、という話を思い出す野性味あふれる選別基準である。

専用容器は、プラスチック製で八角形。上が緑、下が透明の二段重ね構造になっており、上段の底には小さな穴がたくさん穿《うが》たれている。要は、調理用のザルとボウルのセットのようなものである。そのザル底に「重ならないように」種を敷き詰めよ、というのが説明書の最初の指令であった。

黒っぽいような茶色っぽいような小さな丸い種を、直接ザーッと注ぎ入れる。ころころ転がるさまが、昔、置き薬に入っていた「赤玉小粒はら薬」みたいだ。赤くてかわいらしい薬だったが、一回の服用量が確か三十粒とかいう大盤振る舞い的なもので、「お腹が痛い時にこんなに飲めるか！」と、その点はいつも納得がいかなかったものである。

三十粒よりはかなり多くの種を投入し、指で均《なら》す。これでいいのだろうか。適量がわからない。説明書を見ても、八角形の容器に目鼻と手足を付け、頭にはモヒカンチックなかいわれを真《ま》っ直《す》ぐ生やした手描きのキャラクターが、にっこり笑ってガッツポーズをしているイラストが目立つばかりで、種の敷き詰め具合などには一切触れていない。ただ、「はじめて栽培セット（栽培容器付き）」「自由研究に最適」と謳《うた》われているくらいであるから、さほどややこしいことは要求しないはずだと判断した。明記されていること、つまりは「重ならない」点だけに気をつければいいのだろう。

次に下段に水を張る。これに関しては「種子がわずかに水に触れる程度」との明確な指示があった。つまり上段と下段をセットした時に、種を置いたザル底がぎりぎり水に浸る程度の水量である。多すぎると種が浮いてしまうし、少ないと発芽に必要な水分が得られない。なかなか繊細な作業である。何度かの調整の後、ようやく水の量が決まった。上段を重ねてみると、ほぼ完璧である。種がまんべんなく、とまではいかずとも、それなりに均等に蒔かれ、水も種に触るか触らないかくらいのひたひたの位置である。初めてにしては上出来であろう。

この後は「暗所で発芽させる」のだが、その前に改めて全体を眺める。見た目はとてもシンプルであり、こんな赤玉小粒はら薬（じゃないけど）から、命が芽生えてくるのが不思議でたまらない。もちろん、すべては種自身の生きる力によるものであり、私にできることは限られている。せいぜい愛情を持って大切に世話をすることと、名前を付けることくらいだ。

われ松。

この子の名前である。K嬢と相談して決めた。かいわれブロッコリーである誇りと、六つ子の一員である自覚を胸に育ってほしいとの願いが込められている。六つ子といえばやはり「松」なのだ。

「早く大きくなるんだぞ」

心の中で語りかけながらそっと抱き上げ、「暗所」へ向かう。この場合の暗所とは、台所のシンクの下である。シンク下の物入れ部分で、サラダ油やフライパンなどと一緒に数日を過ごさせる。我が家の台所事情を文字どおり知ることで、六つ子の長男としての自覚を促すのだ。というのは嘘《うそ》だが、とにかくシンクの下への引っ越しである。種と水の完璧なバランスを崩さぬよう、そろりと足を踏み出す。とその時、

「ごっ！」

なんと容器を思い切りテーブルの角にぶつけてしまったではないか。まずい、と思う間もなく容器は傾き、ちゃぽんという不吉な音と同時に、苦労して均等に敷き詰めた種が水にさらわれた。一気に偏る種。

「やだちょっと！　われ松！　われ松！　しっかりして！」

慌てて元どおりにしようとするが、一度濡れてしまった種というのは実に始末に負えない。固まりあったり、指にくっついたりと、まったく思うようにはいかないのだ。早くも反抗期なのだろうか。乾燥時、ころころと私の意のままに転がった素直なわれ松とはまるで別人のような姿に、最初は動揺していた私もついにはキレ、

「もう勝手にしなさい！　そうやって好きなだけ重なったり偏ったりすればいい！　発芽しづらくても知りません！　強いものだけが伸びてくれればいい！　それが野生の掟《おきて》です！　お母ちゃんはもう知りません！」

　そう言ってシンクの下にわれ松を置き、扉をぱたんと閉めたのであった。獅子《しし》は我が子を千尋の谷に突き落とすという。私も初日から子育ての難しさに直面しつつ、こうしてスプラウトとの一日を終えたのである。

# 第四回　母の心

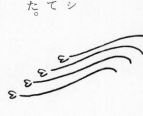

●十月二十二日

六つ子スプラウトの母になって初めての朝を迎えた。台所のシンク下で一人で寝かせた長男われ松の種が、夜中に寂しくなって部屋を訪ねてくるかと覚悟していたが、そういうことはなかった。やはり猫とは違う。

昔飼っていた猫は、初めて会った日の夜、私の部屋へやって来て、ぐっすり眠る私の布団にぽとりと横たわったものである。

初対面で！　ひとの！　布団に！　ぽとりと！　横たわる！

字面だけでもこれだけかわいらしいのだから、実際のかわいらしさは想像を絶するほどであったはずだ。残念なことに私は眠っていたため目撃できなかったが、もしテレビ中継されていたら視聴率が五千パーセントくらいあっただろうと考えられる。ただ、そうなった場合、猫がいるとは知らずに寝返りを打った私が、猫を下敷きにしてしまったシーンもあますことなく放送され、今ならあっという間にネットで炎上する

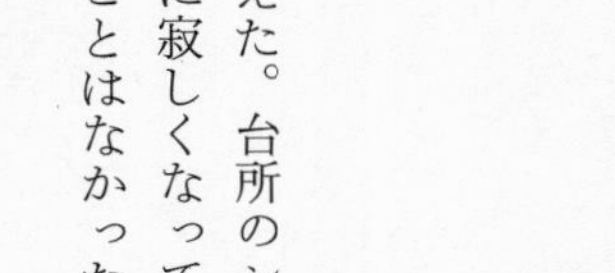

であろう。あれは本当に不幸な出来事であった。むにゅ、という慣れない感触に目を覚ました私は、すぐに事態を把握して飛び起き、そのまま土下座をして謝ったが、猫は天使のような真顔で、

「にゃ！」

と一言告げ、部屋を出て行ってしまったのである。その「にゃ！」が、「覚えとけ！金輪際お前とは一緒に寝てやらにゃいぞ！」の意味だったことを、その後、十数年かけて私は理解することとなる。まったくもって猫の記憶力と意志の固さは素晴らしい。

われ松も我が家で過ごす初めての夜、母である私の許《もと》へやって来る可能性はあったし、もちろん私も受け入れるつもりでいた。思い出すのは、中村玉緒である。なぜ突然の中村玉緒かというと、今、北海道では朝の四時過ぎという冗談みたいな時間に、昭和のドラマ『あかんたれ』の再放送を流しているのだ。その主人公の秀松が、奉公先の呉服問屋の成田屋でひどいいじめを受ける。まだ幼い秀松は母を恋しがり、ある日、町でばったり会った母親に「帰りたい」と縋《すが》りつくのだ。しかし、母親は息子を突き放す。心を鬼にして奉公先へ戻るように諭すのだ。その母親が中村玉緒である。『あかんたれ』を観るのは子供の頃を含めて三度目くらいだが、毎回「いくら複雑な事情があるとはいえ、あれはいささかかわいそうだ」と、私は思っていたのである。

複雑な事情とは、中村玉緒が成田屋の死んだ主人のかつての許嫁《いいなずけ》で、しかし周囲の反対により破談、さらに秀松はその主人との間に生まれた息子だということである。つまり秀松は、いわゆるお妾《めかけ》さんの子。その子が本妻や腹違いの兄姉のいる店で丁稚《でっち》働きをさせられ、「てかけの子」として店中から非常につらく当たられ……いや、『あかんたれ』の話はもういいけれども、とにかく私が中村玉緒と同じ立場だったら、秀松を奉公先に帰すなどとてもできないと思った。

そもそも秀松は、本妻の長男である安造より明らかに出来がいいのだ。成田屋なんて放っておいても、いずれ安造が潰《つぶ》す。秀松は秀松でさっさと新たな商売でも始めればよかったのだ。まことに理不尽というか、秀松が気の毒というか、『あかんたれ』の話がしつこいというか、とにかく私は中村玉緒にはなれないので、われ松が望むなら甘やかしてやろうと決意していたのである。

しかし、親の心子知らず。結局、われ松が夜中に訪ねて来ることはなかった。まあ、そりゃそうであろうとは思う。相手は種だ。来るはずがない。

「おはよう！　よく眠れたかなあ？」

私の方から出向き、声をかける。すると、いくつかの種からは早くも白い髭《ひげ》のような芽がちょろりと生え始めていた。昨日、私がテーブルに容器ごとぶつけたせいで、「種が重ならないように」「まんべんなく蒔く」との注意を結果的に無視する形になったのだが、そんなことは関係ないようだ。なんというたくましい子であろうか。

容器の水を取り替え、さらに霧吹きで上からも掛けた。そして再び暗所であるシンク下の物入れへ。暗く寒いところへ一人置き去りにするのはかわいそうだが、これも生長に必要なことなのだから仕方がない。

「われ松よ、親を恨んでくれるな。いつかきっとわかる日が来る」

切ない心持ちで、物入れの扉を閉める。中村玉緒も、こんな気持ちだったに違いない。彼女も子供のためを思って鬼となったのだ。まあ実際には最終回まで見ても、成田屋なんてとっとと見捨てて別の人生を歩んでいた方が、よほど秀松の将来のためによかったとしか思えないのだが、そういう問題ではないのだ。

ちなみに『あかんたれ』の秀松は「松」がついているけれども、六つ子ではないので注意が必要である。

●十月二十三日
部屋の中がキノコ臭い。気のせいではない。椎茸の「けめたけ」が二度目の収穫期を迎えて、大豊作の気配を見せているのだ。大きく育った傘が、椎茸の素を中心にぎゅうぎゅうに重なり合っている。圧巻である。あまりにキノコの存在感が強く、空気中に胞子が舞うのが見える気さえする。いや、実際舞っているのだろう。条件が揃《そろ》え

ば来年あたり、私の部屋に椎茸が自然発生するかもしれない。調べてみたところ、
広葉樹の倒木があり、
直射日光が当たらず、
かといって完全な日陰ではなく、
風通しがよくて、
気温は十度～二十度、
日に一度は雨が降る。

という部屋ならば、椎茸の自然発生も不可能ではないことがわかった。今現在、倒木はなく雨も降らないが、現代社会の急激な環境変化がいつ私の部屋にまで及んでくるかわからない。そうなればここはキノコの館である。心の準備だけは怠らないようにしたい。そういえば学生時代、友人宅というか下宿の台所の壁からキノコが生えていて、「住人全員で観賞用に栽培している」と言い張っていたが、あれ、壁の中が黴《か》びていたんじゃないだろうか。

われ松は今日も元気である。昨日は髭のようだった芽から薄緑の葉っぱが生えはじめ、茎のにょろにょろ感も増してきた。これがさらに伸びて五～六センチになったと

ころで、外に出して陽《ひ》に当てるのだそうだ。公園デビュー的なことだろうか。

●十月二十五日

いよいよわれ松の公園デビューの日である。暗く寂しいシンク下から、陽のよく当たるリビングへ。眩しくて目がしばしばしないか心配である。説明書には「五〜六センチ」とあったので、「だいたいこんなもんだろ」と判断しての決行だったが、実際測ってみると三センチほどしかなかった。目測が苦手とはいえ半分の背丈である。

そのせいか、全体の雰囲気としてはまだカイワレというよりはクローバーっぽい。ミニチュアのクローバー畑のような景色である。ただ、日光を浴びることでぐいぐいと緑化が進み、栄養価も高くなるという。だったら最初から日向《ひなた》に置けばどうかと思うが、やはり一度暗がりでおのれを見つめるのが種としての宿命であり、成功への道なのだろう。秀松も結果としてはそうだった。北向きの丁稚部屋で不遇をかこっていた彼は、母屋で母や叔父《おじ》から甘やかされて育った放蕩《ほうとう》息子の安造より、はるかに立派な大人に成長した。店を守り立て、周りの信頼を得るようになったのである。われ松もここから頑張ってほしい。

ところで暗がりといえば「きせのさこ」である。まいたけのきせのさこ。彼は今、玄関外で遮光ネットを掛けられ、土の中で静かに眠り、そして相変わらず水やりを忘れられている。部屋の中にいて常に視界に入るけめたけや、公園デビューを果たしたわれ松と違って、存在感が極めて薄いからだ。「土の表面が乾かないように」「日に何度かじょうろで水をやる」よう指示されているが、この季節はそもそもあまり土が乾かず、水浸しにするのもどうかと躊躇しているうちに日にちだけが経《た》ってしまった。

さらに言えば、じょうろの先っぽの蓮口《はすぐち》を失《な》くしてしまったことも、水やり問題を複雑にしている。シャワーではなく、水道の蛇口のようにダイレクトに水がかかり、勢い余って土を掘りそうになるのだ。きせのさこの生育に悪い影響があるのではと、これまた水やりの手が鈍る。もちろんホームセンターで蓮口を購入したが、「だいたいこんなもんだろ」と思った口径がまったく合わなかった。よくぞこれだけ合わないものを「こんなもんだろ」と思えたな、といっそ感心するくらい合わなかった。例によって目測を誤ったのである。ショックのあまり、二個目を買いに行く気力が未だ湧かない。

そんなわけで、きせのさことは完全には心を通わせられていない。残念なことであり、気がかりでもある。きせのさこの命名由来である横綱稀勢の里も、怪我《けが》がたたって九月場所は全休してしまった。最初の怪我の時にあれだけ「休め」と（テレビに向かって）言ったのに、頑固で寡黙な彼は私の忠告を（当然）聞かずに強行出場、優勝と引き換えに怪我を悪化させることとなってしまった。きせのさこも稀勢の里も、真《ま》面目《じめ》で健気《けなげ》ないい男である。なんとかその真面目さが報われてほしい。稀勢の里は遠くから応援することしかできないが、せめてきせのさこは私が立派に育てなければ。

●十月二十六日

われ松は順調に生長している。既に自分の意志を持ち、大好きな太陽の後を追いかけている。陽の光に向かって精一杯背伸びをする姿は微笑《ほほえ》ましいが、しかしそのまま放置していては背骨も性根《しょうね》も太陽側に曲がってしまうのではと不安だ。日に何度か容器を回して向きを調整してやる。誘惑や落とし穴の多い現代社会、人もかいわれブロッコリーも真っ直ぐ生きることは大切である。ここで甘やかしては、いずれ取り返しのつかないかいわれブロッコリーになってしまう。取り返しのつかないかいわれブロッコリー。それが何かは私もわからないが、たとえばゴーヤを凌《しの》ぐ苦味を持つとかかもしれない。それは困る。ゴーヤ先輩は先輩でもちろん素晴らしいが、かいわれブロッコリーがゴーヤになる必要はないのだ。

水を与え、陽を浴びさせ、静かに見守りつつも進むべき方向をそれとなく指し示す。母の責任もなかなか重大である。

●十月二十七日

「男は二十五歳の誕生日の朝飯後まで背が伸びる」と母がよく言っていた。われ松の生長を見ると、その言葉は本当なのかもしれないと思う。朝と夜では明らかに身長が違い、青年らしいしっかりとした顔つきになってきた。葉の色も濃く、強い。『あかんたれ』でいえば、志垣太郎である。幼かった秀松は、長じて志垣太郎となった。志垣太郎演じる秀松は、精悍《せいかん》な中に辛気臭さを漂わせつつ、決して周りに逆らうことはないが諦めることもないという、まるで腰の低い蛇のような青年へと成長を遂げていた。褒めているように聞こえないが褒めている。同じように、青年われ松も少年時代とは別のたくましさを見せるようになった。それが大人になるということなのだろう。ただ心配なのは、太陽への未だ甚だしい傾倒である。ちょっと目を離すと陽の差す方へ全身を預けるようにして傾いていく。気がつくたびに向きを変えてやるのだが、何度でも同じことを繰り返す。その執拗《しつよう》な態度は、頭を下げ続けることで逆境をくぐり抜けようとする青年秀松そのものである。我が子ながら恐ろしいような思いすらする。太陽神を崇《あが》める宗教のようなものに染まってしまったのではないだろうか。

●十月二十八日

そろそろ旅立ちの時が近づいているのかもしれない。小さかったわれ松を守り育ててくれた容器は、今の彼には既に小さすぎる。かつてのクローバー畑は密林と化し、そこから飛び出たわれ松の長い茎が、自分の重みを支えきれずに床に向かって垂れている。

われ松は、もう十分に育ち切った。別の言い方をするなら「食べ頃」である。太陽神への信仰は相変わらずだが、大事には至らなかった。そしてそれも間もなく終わりを迎える。

●十月三十日
旅立ちを意識してから二日、今日を別れの日と決めた。

思えば長いようで短い十日間であった。われ松との日々が胸に蘇《よみがえ》る。赤玉小粒はら薬のようだった赤ちゃんの頃。水に濡れた途端に訪れた反抗期。そこからの見事な立ち直り。シンク下での下積みの日々。母としての胸の痛み。志垣太郎化。太陽神への傾倒。

われ松も私も、さまざまなことを乗り越えてきたのだと改めて思う。

「よく頑張ったねー。では、いただきます」

我ながらあっさりしすぎているかと思うが、子離れはこれくらいがちょうどいい気もする。容器からわれ松を取り出し、軽く水洗いをした後、まな板の上へ。ざっくりと根を切り、豚しゃぶサラダに交ぜて食べた。

けめたけのような衝撃的な美味しさはなかったが、ゴーヤ先輩になることはなく、ちゃんとカイワレの味がした。よかったと思う。

# 第五回　猫さえいれば

●十月三十一日

かいわれブロッコリーのわれ松を無事に育て上げ（そして食べ）、つくづく思うのはスプラウトの人生の短さについてである。種として蒔かれてからわずか十日。十日で食べ頃という名の寿命を迎えてしまう。われ松は、そんな自分の人生をどう受け止めていたのだろう。運命だと諦めていたのだろうか。

本心を尋ねてみたいが、もうわれ松はいない。昨日までわさわさと密林のようにわれ松が繁っていた栽培容器。それが今はきれいに洗われ、台所の隅で伏せられている。初冬の弱い陽の光が空っぽの容器を寂しく照らす。その横では、昨日われ松を食べる時に使ったドレッシングの瓶が、同じく陽の光を浴びつつ出しっぱなしになっており、どうして最後に使った人間が冷蔵庫に戻さないのかとふつふつと怒りが湧き上がる。誰だか知らんが、いやほんとは知っているが（父）、片付けろよ。

まったくもって生きるということは、腹立たしくもあっけないことである。そして、そのあっけなさが無性に切ない。これは椎茸のけめたけには感じなかった切なさだ。

収穫までの日数だけでいえば、けめたけの方が短いのだが、けめたけの場合は三期作が可能だったことが大きい。収穫後に十分な休息と水分を与えることで、都合三度ほど収穫できるのである。相撲《すもう》で言うなら、「けめたけ」という年寄名跡《としよりみょうせき》を代々継いでいくようなものだろう。代々というか三期作なので三代でお別れなのだが、しかし、昔から「売り家と唐様《からよう》で書く三代目」との川柳があるように、三代目で身上《しんしょう》を潰すなら仕方がないのである。別れの寂しさよりも、「今までよく頑張った」という満足感の方が強い。

でも、われ松は違う。たった一度きり。どれほど元気よく育とうと、刈り取られてしまったらもうおしまいである。相撲で言うなら一代年寄。何でも相撲で言うなとお思いだろうが、とにかく後に続く者は誰もいないのだ。孤独で刹那《せつな》的な生涯である。

さらに切ないのは、味にさほどインパクトがないことだ。食べやすそうだという理由で、最初の栽培を決めた私が言うのもなんだが、実際には食べやすいを通り越して嫌味なほどクセがなかった。見た目は完全な草であるのに、食べてみると霞《かすみ》である。まあ、霞を食べたことはないけれども、いくら食べても「腹の足しにならない」感じがまさに霞だ。けめたけが市販の椎茸とはまったく違う深い味わいで驚かせてくれたのとは、対照的な淡白さである。

なんと不憫《ふびん》な子だろう。

おそらく私が悪かったのだ。初日、突然の反抗期におろおろし、その後は必要以上にわれ松の動向を気にしすぎてしまった。われ松を説明書どおりに育てようと躍起になってしまったのだ。われ松はおひさまが大好きだった。いつでも太陽を目指して身体《からだ》を伸ばそうとした。しかし、真っ直ぐ育ってほしいと願うあまり、私はそれを阻止した。容器をくるくる回し、太陽に傾倒しようとするわれ松を引き戻したのだ。たとえそれが怪しい太陽神への帰依だったとしても、所詮は短い人生である。好きにさせてやればよかったのかもしれない。

この十日、われ松は幸せだったのか。本当はもっと自由に生きたかったのではないか。ゴーヤのように猛烈に苦くなったり、ヘチマのように奇妙な形の実を生《な》らせたり、向日葵《ひまわり》のように大輪の花を咲かせたり、世の中の常識を打ち破るような生き方をしたかったのではないか。そして私はそんなわれ松を認め、受け入れ、「それでもお前は世界一立派なかいわれブロッコリーだよ」と声をかけてあげるべきだったのではないか。まあ、実際にそんなことになった場合は、それは明らかにかいわれブロッコリーではないわけだが、大切なのは気持ちである。

次に生まれて来る時は、もっと自由に生きてもらいたい。というか、種はまだあるのだから、もう一度はじめから育てればいいのかもしれない。が、正気に戻って考えると、そこまでのことではないのであった。

●十一月二日

収穫前のわれ松が何かに似ているとずっと思っていたが、今日ひらめいた。猫草である。猫草は昔、猫を飼っていた時に一度だけ育てたことがあった。われ松よりも手間がかからず、あっという間に大きくなった記憶がある。うちの猫は、花瓶に挿した花などを隠れてむしゃむしゃ食べたあげく顔中を花粉だらけにして自ら罪を露呈させるタイプだったので、それよりは猫草がよかろうと思ったら、なぜか見向きもしなかった。青々と繁った猫草を鼻先まで持っていき、「ほらほら、おいちいちゃんでちゅよー」と渾身《こんしん》の赤ちゃん言葉で話しかけても、一切無視を決め込んでいたのである。

仕方がないので、猫とは無関係に草だけを育ててみたが、あれは想像以上の虚《むな》しさだった。鑑賞ポイントのまったくない鑑賞用の緑といおうか、花を咲かせるわけでも葉を広げるわけでもなく、ただ背丈だけを伸ばしていく草。その牧草みたいな草に、ひたすら水をやる私。猫が横を素通りしていく。意味がわからなかった。

あの時の猫草に、われ松がどことなく似ているのである。もちろん、よく見ると全然別物なのだが、容器からもさっと緑の頭を覗かせる様子が猫草を連想させた。もしわれ松だったら、猫は食べただろうか。

●十一月三日

われ松が収穫されたため、現在、我が家には目に見える形の生き物が人間以外いなくなってしまった。椎茸のけめたけは二度目の休息中、まいたけのきせのさこは来年秋の収穫を目指してプランターの中で冬眠している。六つ子のスプラウトの残り五人は、全員まだ種のままだ。

寂しい。

これが猫なら、休んでいる姿や寝ている姿も目にするだけでかわいらしいが、今のけめたけの素はどう見ても切り株のミイラであり、きせのさこに至っては土である。愛でる要素がなかなか見当たらない。

ああ、猫がいればなあ、と思う。猫さえいれば、何一つ寂しいことなんてない。たとえば、床でぱたりと寝ている猫のそばにそっと横たわり、背中などを撫でながら誰にも言えない胸の内をそっと明かす。

「正直言うと、私、きせのさこはもう死んでるんじゃないかと思うんだ……」

猫は黙って優しく私の話を聞いているかというと、別にそういったわけでもなく、突然ふいとどこかに行ってしまい、あとに残るのは中途半端な場所に行き倒れた私だけだ。猫に見捨てられ、たった一人、ちりちりした絨毯《じゅうたん》の感触を感じていると、通りかかった家族に「何やってんの？　邪魔だよ」などと冷たく言われる。

である。

寂しい。

あ、いや、寂しくない話をしていたはずが、でも寂しい。それもまた猫との暮らしである。

●十一月八日

最近やけに昔飼っていた猫のことを思い出す。季節のせいかもしれない。ちょうど今の時期、秋の終わりというか冬のはじめに猫は死んでしまったのだ。絵に描いたような小春日和だったのを覚えている。

十九歳だった。猫は一年で人間の四歳分、歳《とし》をとるという。つまり人間に換算すると、十九に四をかけて七十六歳。と思いきや、最初の一年で十歳以上歳をとるというわけのわからない奥の手を繰り出されて、九十歳を越えていると言われた。誰に言われたかというと、かかりつけの獣医さんである。

「もう僕より年上なんですよ。だからさん付けにしなくちゃ」

と、彼はうちの猫が自分の年齢を越えたあたりから敬称付きで呼ぶようになった、昭和のヤンキー並に上下関係に厳しい獣医師である。その彼が言うなら間違いはない。

猫が死んだのは十五年ほど前である。当時の九十歳といえば、大正元年あたりの生まれだ。生まれだというか、生まれではないのだが、でもそれくらいのおじいさんだ。

もらわれて来た時は毛糸玉みたいな子猫だったのに、あっという間である。

それにしても惜しかった。長く生きた猫は、妖怪猫又になるという。うちの猫もあと数ヶ月、二十歳《はたち》の誕生日を迎えたあたりで、猫又になるはずであった。猫又となった猫は人間の言葉を会得するらしいので、その時は皆で仲良くトランプ大会などをして遊ぶつもりでいたのだ。

大会の優勝賞品は握手券である。人間が勝ったらそれを使って猫と握手し放題。猫との握手はただでさえたまらんものだが、うちの猫は骨太だったこともあって、掌《てのひら》が厚く大きく、一生握手し続けても飽きないくらいの握り心地だった。それを握り放題である。しかも、いつもは二十秒くらいで怒りの爪がにょにょにょと出てきて強制終了となるところ、握手券を使用した場合は規則により爪出し禁止である。夢の永久握手の実現。その時代がもう目の前に来ていたのである。それが突然（でもないが）の死によって叶《かな》わなかった。本当に残念である。

ちなみに猫がトランプに勝った場合も、賞品は握手券である。人間と好きなだけ握手できる権利が与えられるのだ。

●十一月九日

いくら過去を懐かしんでも、死んだ猫は帰ってこない。

今は目の前のミイラ（けめたけ）と土（きせのさこ）に愛情を注ぐしかないのだ。そう気持ちを切り替えて、両者にせっせと水をやることにする。けめたけには霧吹きで、きせのさこにはじょうろでと、なかなかきめ細やかな心配りが必要なのだ。

「ごはんですよー」

声をかけながら、ふと不安になる。本当に水だけでいいのだろうか。もちろん説明書にはそう書いてあり、実際けめたけもわれ松も水を与えるだけで立派に収穫ができた。だが、しょせんは水である。カロリーゼロでお馴染《なじ》みの水。それがこの子たちの唯一の「ごはん」であると思うと、どうにも心許ない。ましてや育ち盛りだ。お腹が減るだろう。

「焼き肉食べ放題でも行く？」

「…………」

まあ「行く」と応えられたところで、現実的ではない。焼き肉を頬張るホダ木など確かに想像できないのだ。実際、焼き肉食べ放題より水の方が彼らには向いているのだろう。水には我々にはわからないスーパー栄養素的な何かが含まれており、彼らがそれを摂取している可能性もある。そういえば私も年々代謝が落ち、最近では水を飲んだだけで太る気がしている。ひょっとすると人は年齢とともに身体的な感受性が豊かになり、若い頃には感じられなかったスーパー栄養素にも反応するようになるのかもしれない。人体の植物化である。それに気づかず今までどおりの食事を続けていると栄養過多となり、いわゆる中年太りという現象を招いてしまうのだ。

うむ、なにか一つの真理に達したような気がする。かくいう私も植物化がはじまっている。スプラウト兄弟の本当の母になる日も近い。

●十一月十五日
K嬢からの「次は何を育てますか？」「六つ子の次男は誰ですか？」という問い合わせをうにょうにょごまかしつつ、仕事で岩手へ。初めての岩手ということで、わんこそば、冷麺、じゃじゃ麺の盛岡《もりおか》三大麺制覇を目指すことにする。先日発見した真理によると水だけでいいのだが、浮世の義理ということもある。人間はつらいのである。

●十一月十六日
わんこそばを食べる。

●十一月十七日
冷麺を食べる。

●十一月十八日

じゃじゃ麺を食べる。人間ってつらい。

この日、盛岡で合流した友人たちと街を散策中に猫の一家を見かけた。神社の裏庭に皆で住んでいるらしく、隣接する公園との間を自由に行き来している。私たちが声をかけると子猫が警戒しつつも寄ってきた。その後ろには、じっとこちらを見つめる母猫。心配と警戒が顔に表れているが、近づいてはこない。やはり子育てには、ああして見守る態度が必要なのだ。私も六つ子の残りを育てる時はあのように臨もうと猫に学びつつ、同じように猫と遊んでいた若いカップルに「こらこら、動物好きを相手にアピールして好感度上げようとしてんじゃないよ」と心の中で釘《くぎ》を刺しておいた。

夕方の飛行機で札幌に戻ると、本格的な雪。高速道路が通行止めということで、通常の倍ほどの時間をかけてバスで帰宅した。ついに長い長い冬の訪れである。嫌すぎる。

●十一月十九日

今シーズン初の雪かきに励む。雪は膝下まで積もり、屋外で暮らすきせのさこも遮光ネットごと雪に覆われている。玄関の庇《ひさし》があまり役に立っていない。本当に外で越冬できるのだろうか。不安のまま水やり。土は固く、生き物の気配はまったくしない。

きせのさこ本体の安否が気になる。

●十一月二十一日

ますます冷え込みが厳しくなってきた。きせのさこの様子を確かめると、案の定、土の表面に真っ白に霜が降りていた。霜というか氷である。一昨日の水が土中に染み渡ることなく、そのまま凍ってしまったのだ。今からこんなことでは真冬になったらどうなるのか。もの皆凍る北海道の冬を乗り越えられるのか。

……たぶん無理。

そう判断し、玄関内に避難させることにする。気温的にはそれほど変わりはないが、雪が降らないだけでもましであろう。水をやろうかと思ったが、このまま追加しても永久凍土ができるだけではないかと思い、やめておいた。

●十一月二十二日

本日、長らく休みをいただいておりました、けめたけこと椎茸の素が二度目の水没の儀を執《と》り行うことと相成りました。樽に沈められ、皿で押さえられ、上から漬物石を載せられるという荒行を無事終えた暁には、皆様と再びのお目もじが叶いますよう、椎茸一同願っております。どうぞよろしくお願い致します。

# 第六回　アイドル誕生前夜

●十一月二十五日

人はどんなことにも慣れる動物だという。たしかに当初、驚きと意外性に満ちていた椎茸のけめたけとの生活も、今ではすっかり日常となってしまった。本日、三日に亘《わた》る二度目の水没の儀を終えたが、初回に比べると、我ながら手慣れたものであった。ざぶんと水に浸け、上からがばりと皿を被せ、その上に漬物石をどんと置いて、丸二日以上の放置。途中で様子伺いすることもほとんどなく、たっぷり水を吸った頃合いを見計らって水から揚げた。二度目にして既にベテランの風格である。

水を含んだ椎茸の素を、栽培容器に移す。容器は縦横ともに三十センチを超えるサイズで、それなりの存在感があるはずだが、部屋に置いてもほとんど気にならないのは、おそらく見慣れたせいだろう。私の中で椎茸の素は、既に風景の一部と化したのだ。

思えば猫もそうだった。というか、猫にとって我々人間がそうだった。家に来た直後こそ見知らぬ環境に警戒していたが、やがて人を「ご飯をくれる便利なインテリア」かなにかと認識したらしく、私の背中をジャンプ台に壁を駆け上がったり、寝そべっている腹を踏んで歩いたりしはじめた。思わず「いてっ！」と叫び声を上げると、

「え……絨毯が喋った……？」

と心底驚いたような顔で振り向いたものである。これが猫じゃなければ一触即発、抗争の一つも起きて不思議ではない事態だが、恐ろしいことに猫というのはすべてが赦《ゆる》される生き物である。どれくらい赦されるかというと、自分を踏んづけて振り向いた猫に向かって、「上手に踏めまちたねー」と褒めてしまうくらい赦される。「猫かわいがり」という言葉があることからもわかるように、猫を前にするとまともな判断力が働かなくなるタイプの人が昔から多く存在し、私もその一人なのだ。

さすがにけめたけに関してはここまでではないが、存在が気にならないほど我が家に馴染んだという点では同じであろう。けめたけもようやく家族の一員になったのかもしれない。

●十一月二十八日
うそ。調子に乗って書いてしまったが、よく考えてみたら椎茸である。椎茸はそう簡単には家族にはならない。

それでも、かれこれ二ヶ月のつきあいであるから、ある種の情は湧いている。今日

も、椎茸の素の表面に残る収穫痕を見ながら労《ねぎら》いの言葉をかけた。

「よく頑張ったね」

「……」

「今回もよろしくね」

「……」

相手に気持ちが通じている気配はまったくないが、通じたら通じたで薄気味悪いのでそれはいい。寂しいのは、明らかに元気がないことだ。水を含ませたにもかかわらず、全身のサイズもなんとなく縮んでしまった。次が最後の収穫になると、謎の「ドクターモリ」が説明書で言っていたが、おそらくそのとおりなのだろう。

実際、新たに発生しつつあるけめたけは、今までと比べて圧倒的に数が少ない。その少ないけめたけに、丁寧に水を吹き掛けた。

●十二月三日
水没の儀から一週間余り、やはり勢いの衰えは隠せない。二回目の収穫時には、押しくらまんじゅうの如《ごと》くぎゅうぎゅうに生えてきていたけめたけが、今回はわずか数個のみの発生となってしまった。それでも発疹期、フジツボ期、きのこの山期を経て椎茸へ、という進化の過程に変わりはない。数は少ないものの、順調に傘が大きくなっていて、頼もしいような健気なような、不思議な心持ちがする。

●十二月六日

少ないながらも育ち切ったけめたけを前に、今日を最後の収穫日と決める。全部で七個。今までと同じように、果物ナイフで根元から慎重に刈り取る。この時、椎茸の素を傷つけないようにそっとやらねばならないのだが、これで終わりという気の緩《ゆる》みが出たのか、一箇所、抉《えぐ》るように削ってしまった。今までドクターモリの教えを忠実に守り、慎重に慎重を重ねて収穫してきたというのに、最後の最後にこれである。こういった詰めの甘さに私の人生をぱっとしないものにしている元凶があり、それをけめたけが身をもって私に教えてくれたのかもしれない。

この傷はけめたけの遺言。

そう思うと、ありがたさと切なさで胸がいっぱいになる。そこまで私のことを考えていてくれたとは。せめてもの感謝の気持ちを込めて、今夜は最後のけめたけを美味しく食べよう……と決意したところまでは覚えているが、実はどう料理したのか記憶がない。この原稿を書いているのは翌年の五月なので、そんな昔のことは忘れてしまったのだ。けめたけメモには「七個」と記されているだけで、もっとましなことを書けよ仕事だぞ、と怒りすら湧く。しかし特別な記述がないということは、美味しかったのだ。当たり前である。美味しくないはずがない。けめたけはいつだって美味しい。そして食べられてなお、私の詰めの甘さを浮き彫りにしてくれる大切な存在なのである。家族ではないけれど。

●十二月十二日
燃やせるゴミの日。役目を終え、すかすかになった椎茸の素を、ゴミに出すことにする。食べて終了のスプラウトと違って、けめたけには自分の手で始末をつけなければならない切なさがある。しかし、このまま切り株のミイラみたいな椎茸の素を、ぼんやり部屋に置いておくわけにもいくまい。

細かく崩して土に混ぜると肥料になるらしいが、我が家の荒れ地のような貧相な花壇には何の意味もないように思える。というか、既に地面は雪に覆われている。おそらくこのまま根雪になるはずだ。憂鬱すぎる。何のつもりだ。また冬か。冬が延々続くのか。ふざけるな。何もかもうんざりだ。もう花壇とかどうでもいい。

●十二月二十二日
長く暗く寒く救いようのない冬を少しでも明るく過ごしなさいということだろうか、K嬢からヒヤシンスの球根が三つ届いた。水栽培用のポットと説明書付きである。

説明書は二種類。ウェブページを印刷したものと、K嬢の手書きのものである。K嬢は何度かヒヤシンスを育てたことがあるらしく、その経験を踏まえて、わざわざオリジナルの説明書を作成してくれたのだ。それによると、水の量、置き場所、気温、日向へ出すタイミングなど、椎茸やスプラウトより注意点が多いことがわかった。ヒヤシンスは思った以上に繊細なようだ。なかでも気をつけるべきは根腐れらしく、何度か「腐る」「傷む」などの単語が出てきて、そのたびにヒヤシンス初心者の私の不安は募る。

一方、ウェブページの説明文はあっさりしており、正直さほど役には立たない。根腐れについての詳細もなく、結果としてK嬢手書きの説明書「K嬢文書」がバイブルとなった。

そのK嬢文書では根腐れ防止剤についても触れられており、人によってはそういったアイテムを使用するらしい。ただし、K嬢は使ったことがないと言う。師であるK嬢がそう言うなら、私も使うつもりはない。もちろん「ポットを洗ったり、水の量を加減したり」する必要はあると言うから、もちろん私もポットを洗ったり水の量を加減したりしよう。あとはどんな工夫が求められるのかと読み進むと、

「そして、いろいろ気を使って育てた昨年のヒヤシンスは、一つは球根が傷み、一つはきれいに咲きました」

「四年くらい前、適当に育てたときのほうが元気だったかもしれません」「かわいく元気に育ちますように」と、唐突に終わってしまった。

大昔に読んだ雑誌か何かのダイエット特集の最後に、「まあでも結局は体質かもね！（大意）」みたいなことが書いてあった時のことを思い出す終わり方であったが、世の中全てが教科書どおりにいくとは限らないということだろう。私は私のヒヤシンスを、かわいく元気に育てなければならないのだ。

ちなみにウェブページのほうには、K嬢宛のターゲティング広告と思《おぼ》しきものも一緒にプリントされており、そこには「ボイルたらば脚　超特大2肩2kg　送料無料」の文字が読み取れた。ということは、K嬢はカニについて調べていたのだろうか。そして買ったのだろうか。二キロのカニを。超特大を。送料無料を。ということも気になるのだった。買ったのか？

●十二月二十五日

ヒヤシンスの水栽培にようやく取り掛かる。どうして三日も放置してしまったのか自分でもわからない。たぶん面倒なのと寒いのとまだ見ぬ根腐れが怖いのと寒いのとバタバタ忙しかったのと寒いのと、様々な要因が絡まり合っていたのだと思う。本当に寒いというのは罪なことだ。

いつものように開封の儀を執り行う。

「はじめまちてー。どんなめんこちゃんかなー」

包みを解くと、ころんとした球根が三つ、姿を現した。紫色が二つと白色が一つだ。

「あら、まんまるこちゃんでちゅねー」

むろん相手を猫だと仮定しての赤ちゃん言葉であるが、実際、球根は形がかわいらしいので得である。丸い頭の先っぽが、玉ねぎのように尖《とが》っているのも愛嬌《あいきよう》がある。

思い出すのは、けめたけのことだ。けめたけは本当に不憫だった。初対面のあの日、でかくて茶色くてぬめぬめしていて皮膚病のような見た目に、一瞬にして腰が引けたのだ。まさかあれほど美味しい椎茸を育ててくれるとは想像もできず、本当に申し訳ないことであった。たとえ相手が得体のしれない椎茸の素であっても、見た目で人を判断してはいけないのだと、そのことも身をもってけめたけは教えてくれたのである。やはりけめたけは偉大だ。改めてそう思う。私はけめたけのことをずっと忘れないだろう。まあ、家族ではないけれども。

そのけめたけの教えを無駄にしないためにも、細心の注意を払い、真綿でくるむようにしてヒヤシンスを育てねばならない。今はこんなにかわいらしいが、一歩間違えると根腐れが待っているのである。人生、一寸先は根腐れである。

Ｋ嬢文書に従い、まずは栽培ポットを洗う。洗うといってもポットの形状が特殊なため、簡単にはいかない。首のあたりがきゅっとすぼまっており、指もスポンジも通らないのだ。Ｋ嬢文書には「ポットを洗って清潔に」とだけ記されており、具体的にどうしたらいいのかは書かれていない。しばし考えた末、水で濯《すす》ぐだけにした。新品だからさほど汚れていないだろうという現場の判断だ。言ってることがさっきと変わるが、あまり過保護になってもよくないのではないかと思う。

きゅっとなった部分に球根を載せる。水はその球根の「お尻に」「つくくらい」がちょうどいいそうだ。あまり多すぎるとカビが生えたり、腐ってきたりするらしい。本当に繊細である。そんなことでこの厳しい世間を生き抜いていけるのだろうかと心配になるが、幸いなのは球根が三つあることだ。一人では無理なことでも、三人の力を合わせれば乗り越えることができるかもしれない。

セッティング後、ポットを並べて眺めてみる。丸顔のめんこい球根が三つ、ちょこんと載っている。まるでアイドル並のかわいらしさだ。そう、アイドルだ。今日からこの三人はチームとなった。いや、チームというよりユニットだ。華やかな芸能界でのデビューを目指し、無事花が咲くその日まで、三人一緒に頑張っていくのだ。当然、私の責任も重大である。彼女たちが途中、道を誤って腐ることなく、美しく花開くまで導かねばならない。一人の脱落者も出すわけにはいかないのだ。

気を引き締め直し、K嬢文書を読み進める。それによると、ポットにセットした後は、根が長く伸びるまで冷暗所に置かなければならないそうだ。なるほど、早速の下積み生活である。具体的には気温が十度以下の場所。そこで最初のひと月ほどを過ごすのだという。

まかせてほしい。十二月末の北海道のおんぼろ家屋である。K嬢は「冷蔵庫でもいいと思います」と言っていたが、わざわざ冷蔵庫の世話にならずとも、十度以下の場所など家の中にいくらでもある。初めて寒さが役に立つ日がきたのだ。

廊下、洗面所、納戸など、いくつかの候補があがる中、結局、祖母の部屋に三人を置くことにした。祖母の部屋といっても、祖母はとうの昔に死んでしまったので、今は誰も使っていない。以前、「視《み》える」体質の妹が「時々、隅のところに誰かいるよね」とかとんでもないことを言いだしたが、深く追及すると要《い》らんことを聞かされそうで知らないふりをしている部屋である。そこに三人を並べる。それぞれに箱を被せ、日光を遮《さえぎ》った。あとは三日に一度の頻度で水を替えればいいのだそうだ。

●十二月二十六日

K嬢にヒヤシンスの栽培を始めたことを報告する。アイドルであるから名前を決めなければならないということで、話し合いの結果、ユニット名は「キタシンス」に決まった。北の地に咲くヒヤシンスである。また、三人にはそれぞれ「ユメメ（紫）」「ピリリ（紫）」「カーたん（白）」の愛称が付けられた。三人合わせてゆめぴりか。我が北海道が誇るお米と同じ名前である。

K嬢は、ユメメの自己紹介も考えてくれた。

「好きな食べ物は米と米。今日もごはんはどんぶり飯！　元気いっぱい十六歳、ユメメでーす」

私は非常に気に入ったのだが、K嬢本人は「プロに言わせるとこんなんじゃないはず」と出来栄えに不服があったようで、残り二人の自己紹介の発表には至らなかった。

●十二月二十八日

初めての水替え。

既にぽよぽよした根が生えてきている。芽は皆まだまだであるが、見た感じではユメメの芽が一番早く出そうだ。センターを狙いにきているのかもしれない。「総選挙しなくちゃ」とK嬢が言うが、私としてはあまり三人を競わせたくはない気もする。アイドルを育てる難しさである。

二〇一八年

# 第七回　いつもより多め

●一月五日

年末年始は犬に見つめられて過ごした。妹一家がトイプードルを二匹連れて年越しにやって来たのだ。犬というのは基本的に人間をずっと見ている生き物である。人が立ち上がると「あ、人間のひと立ち上がりましたね立ち上がりましたね俺と遊びますかご飯くれますか撫でますか抱っこしますかしますかしますか」とついてくるし、人が座ると「人間のひと座りましたね座りましたね遊びますかおやつくれますか撫でますか抱っこしますかしますかとりあえず膝に乗りますね」と無理やり膝に乗ってくる。

なかでも二匹のうち一匹は、数年前に重い病気に罹《かか》って死にかけた時、「どうせ死ぬなら膝の上で死なせてやろう」とずっと抱っこをしていたのを覚えているのか、奇跡の快復を果たした後は、私のことをものすごく好きになっていた。もともとおとなしい性質の犬であり、陽気で甘えん坊なもう一匹の陰に隠れがちであったが、今もその陰からじっと私を見つめている。

彼の熱い視線は、完全に命の恩人に対するそれである。病院代を私が払ったなどの事実はまったくないものの、犬には人間界の経済活動のことはわからない。ただ具合の悪い時に抱っこされたことだけを覚えているのだろう。犬が一度受けた恩を忘れないというのは本当なのだ。

そう考えて見つめられ生活を受け入れていたのだが、不思議なのは、忘れていないはずの恩を返しにくる気配が一向にないことである。たまにお気に入りのおもちゃを貸してくれるので「こんな大事なものをありがとう」と感激して受け取ると、「そうではないでしょう！」と言う。いや、言わないが、前足で私の脚を叩《たた》くなどして、「そのおもちゃ、人間が向こうに投げると俺が取ってくるやつでしょう！」

と訴える。

「ほらほら早くやってみて！　試しにやってみて！」

やってみると確かにとても楽しそうだが、楽しいのは主に犬だけである。命の恩人の私を差し置いて大はしゃぎだ。ひょっとすると、恩人ではなく「俺に甘い田舎《いなか》のばあちゃん」くらいに思っているのかもしれない。

それにしても犬の圧はすごい。体温とか見かけとかの実際的意味ではなく、存在自体が暑くて派手である。これが猫なら、むしろ人間が「あ、猫さん立ち上がりましたね立ち上がりましたね私と遊びますかお腹すきましたか撫でてもいいですか抱っこさせてくれますかだめですかだめですねちょっとその爪引っ込めてもらっていいですか」とつきまとうのだが、犬はその隙を一切与えない。

結局、犬の相手をして年末年始が過ぎてしまった。もちろん犬だけではなく人間もいつもより多いので、家事だけでもあれこれとやることが増え、そこに雪かきも加わり、さらに正月ということで通常以上に酒も飲まねばならず、全般的にぐったりしてしまった。そんなぐったりした日々の心を慰めてくれたのはキタシンスである。

ヒヤシンスのアイドルユニット、キタシンス。

ここでようやく植物が登場してほっとしているが、バタバタした日々の中でも、三日に一度くらいの割合で水を替え、少しずつ根が伸びているのを確認していたのである。

やはりもっとも生長が早いのは、ユメであった。長いもので既に根が三センチ近くある。その後を僅差《きんさ》で追うのがピリリ。殿《しんがり》がカーたん。カーたんの根はまだ一センチあるかないかというところか。三人ユニットであるのに、実力が違い過ぎると本人たちも大変だろう。なんとか全員揃ってデビューの日を迎えてもらいたい。

●一月八日

水替えの手順は簡単だ。日光を遮るための箱を外し、栽培ポットの上の球根を持ち上げて、中の水を入れ替える。注意が必要なのは水の量。根腐れを起こさないように、それぞれの生長に合わせて調節するのがポイントだ。

ユメメとピリリは根が長くなってきたので、少し水量を減らした。球根部分が水に触れないようにする。濡れるとそこから腐りやすくなるのだ。カーたんはまだそうはいかないので、ぽよぽよと根の生えた球根の、お尻につくかつかないかくらいのあたりを見極めて、慎重に水を注いだ。

カーたんは体も小さく、色も他の二人とは違って白色だ。アイドルに憧れて、まだ幼さの残る時期に地方から上京してきたのだ。まあ上京というか、ここは札幌だが、とにかく紫色のお姉さんたちと自分を比べて、不必要なコンプレックスを抱いてほしくないと思う。そのためにも頑張って育てなければならないのだ。

●一月十一日

そんなカーたんの異変に気づいたのは、水替えのために覆いの箱を外した時だった。姿勢のいいユメメやピリリに比べ、カーたんの体だけが斜めに傾いている。

「カーたん？」

慌てて球根を持ち上げると、半身というか四分の一くらいが水に浸かっていた痕跡がある。人間でいうなら片脚から腰にかけてくらいの部位だろうか。

「何があったの？」

声を掛けるが返事はない。見ると、濡れた部分が茶色になっている。色白カーたんのまさかの変色である。恐る恐る指で触ると、感触も妙であった。ふやけているのか腐っているのか、どちらにせよぶよぶよと柔らかい。

血の気が引いた。一体、カーたんの身に何があったのか? 誰がカーたんにこんなことをしたのか? 昭和のバレエ漫画ではライバルのトウシューズに画鋲《がびょう》を入れる意地悪な女の子が登場したものだが、もしや早くもキタシンスの評判を耳にしたライバルが、夜中に忍び込んで一番小さなカーたんを狙ったのだろうか。

まさか。いや、「まさか」というか、私は何を言っているのか。どう考えても前回の水替え時、ポットに載せた際のバランスが悪かったのだ。その後、何かの拍子に傾いてしまったに違いない。つまり私のせいである。私がカーたんの根腐れの危機を招き、アイドルの夢を潰しかねない事態に陥らせているのだ。

このままカーたんがだめになってしまったら、私は彼女の親御さんになんと詫《わ》びればいいのか。母親に連れられ、アイドルを夢見て故郷の町からやって来た日の幼いカーたんの姿を思い出す。いやまあ、そんな事実はないが、しかしコロンとした球根が三つ仲良く現れた時のことは忘れられない。丸顔のめんこい三人娘を一斉に咲かせるのが私の務めだと、あの時心に決めたはずだったのだ。

とりあえず、いつものように水を替えて様子を見るしかできない。こういう時こそ落ち着いて淡々と作業をしなければと思ったが、やはり動揺していたのだろう。あろうことか、今度はユメメの根っこを半分ほど、根元からぱきっと折ってしまった。球根をポットから持ち上げようとして、その拍子に伸びた根をぶつけてしまったのだ。

「ユ、ユメメ……」

彼女たちの根っこは一見すると柔らかくしなりそうだが、実際は衝撃に弱く、とても脆《もろ》い。大人の何気ない言動に、いとも簡単に折れてしまうのだ。乙女の傷つきやすい根っこ、それを私は無神経に扱ってしまった。本数でいえば半減させたわけである。

「ど、どうしたら……」

どうしようもないので、やはり様子を見ることにする。今までより多めに水を入れて、折れた傷口部分も水に浸かるようにした。そこからまた伸びてくれれば、という親心である。

「カーたんもユメメも無事に育ちますように」

ポットに浮かぶユメメの折れた根っこが痛々しい。

●一月十二日

六つ子の次男「から松」に水をやる。

なんだよから松、お前誰だよ、突然どこから現れたんだよ、とお思いだろうが、実は昨日、「キタシンス衝撃のメンバー負傷事件」のどさくさに紛れて、「マスタード(からし菜)」の種も蒔いていたのだ。

長男のわれ松を育てたのが去年の十月であるから、実に二ヶ月以上、六つ子たちとは顔を合わせていなかったことになる。われ松が思いの外すくすくと育ち、収穫後の味わいという点でも素直な性格そのままの優等生ぶりを発揮してくれたため、なんとなく満足してしまったということもある。

しかし、当たり前だがわれ松はわれ松であって、ほかの五人とは違う。「六つ子なのだから、全員だいたいこんな感じなのだろう」という考え方は通用しない。六つ子にはそれぞれ個性があるはずなのだ。その個性を伸ばしてあげなければならない。

われ松の時と同じように、栽培容器の上段、ザル部分に種を蒔いた。下段には「種子がわずかに水に触れる程度」の水。このあたりの作業はわれ松で経験済みなので、何の問題もない。と思いきや、どうやらから松はわれ松より小柄らしく、ザルの網目というか穴から下に落ちてしまう子が続出した。

さらには体重も軽いのか、落ちずに残った種も「触れる程度」の水に浮いて流されてしまう。流された種は端に寄り、自然とドーナツ状に種が分布してしまった。

われ松の時は「種が重なり合わないこと」に注意を払えばよかったが(そして失敗したが)、から松は生来の流されやすい性格に気をつけなければならないらしい。水の甘言に乗ってふらふらと彷徨《さまよ》っては端っこに集まり、集団でもじもじしてしまうようでは、将来が思いやられる。親としては自分の居場所は自分で決め、水の誘惑に負けない強い心を持ってほしいところだ。からし菜の「から松」である。弱々しく見える外見とは裏腹な、ぴりりと辛く鋭い内面を見せつけてもらいたい。

すぐに端に寄りたがるから松をなだめすかすようにして満遍なく広げ、そのままシンク下へ。一日も早く根を張り、地に足の着いた生活を送れるよう祈った。

というのが昨日までの話である。そして一晩経った今朝、から松たちは再び端に集まり、皆で身を寄せ合うようにしていた。自分たちを置いていった私への恨み言を夜通しささやき合っていたのかもしれない。

それならそれで仕方がないが、真ん中の広々としたスペースがぽっかり空いているというのに、誰もそこで暮らそうとは思わないのが少し情けない。それほどまで人前に出るのが嫌なのか。一体誰に似たのか。引き受けたトークイベントの当日まで、「やっぱ嫌なんですけど」とぐずぐず言う私に似たのか。

まあ、そうであろう。腰の引けた性質と往生際の悪さが、から松に受け継がれてしまったのだ。未だ穴から下に落ちてしまう子が後を絶たないのも、私の逃げ出し癖が遺伝したとしか思えない。血が繋がっていないとはいえ、実に申し訳ないことである。

こんなお母ちゃんを許しておくれ。

水を替え、上からも霧吹きで水分を補給してやる。以前も言ったが、これだけで育つのだから本当に水のスーパー成分はすごい。無駄とは思いつつも、偏りがちな種を均してシンク下へ戻した。

●一月十五日

メンバー二人の負傷事件から四日、キタシンスの水替えの日がやってきた。おそるおそる覆いを外す。ユメメ、ピリリ、カーたん、それぞれの様子を確認すると、幸いなことに誰も大きな変化はないようだ。

とはいえ、変化がないということは、改善もされていないということである。ユメメの折れた根はそう簡単には再生せず、カーたんの変色部分も広がってはいないものの、元に戻っているわけではない。色の具合も相変わらず不吉で、これがあの根腐れの前兆ではないかと気が気ではない。触ってみると、やはりぶよぶよである。ぶよぶよ部分から生えかけていた根は、完全に生長を止めてしまったように見える。

唯一順調なのは、無傷のピリリだ。長さでいうとユメメにはかなわないが、根の本数は多く（折れていないから）、ポットの中でいきいきと伸びているような気がする。ユメメと同じ紫色の球根に異常はない。生長の早いユメメと、末っ子ポジションのカーたんに挟まれて、今まで地味な存在だったピリリ。しかし、マイペースでこつこつと地道な生長を続けるピリリは、今やキタシンスの希望である。精神的支柱といっても過言ではない。いや、過言かもしれないが、とにかく大事なメンバーであることには変わりがない。ユメメもカーたんも、きっと彼女に勇気をもらっているはずだ。

見れば三人とも、玉ねぎの先っぽのような芽がなんとなく大きくなってきているようだ。まだ彼女たちは挫《くじ》けていない。メンバーの負傷というアクシデントが、彼女たちをより強い絆で結ぶに違いない。

一方のから松は、やはり端っこ癖が抜けず、円《まる》い栽培容器をドーナツ状に使って暮らしている。しかもその場所で各々が根を張り始めてしまった。まだぽわぽわと頼りないが、それでも「俺たちはこの隅っこで生きる」との意思表示であろう。緑のかわいらしい芽も見えている。どうしたものか。

●一月十九日

親の心配をよそに、から松は完全に端っこを生きる場所と決めたようだ。根も芽も伸び、くるりんとした丸い葉が繁ってきている。彼らを引っ越しさせるのはもう無理だろう。仕方がないので、中央の空いたスペースに新しい種を蒔くことにした。殺風景な真ん中部分を埋めるように、ぱらぱらと種を落とす。河童《かっぱ》のお皿部分に植毛するような、なんとなく奇妙な気分である。いるかどうか知らないが、河童の植毛職人もこんな気持ちだろう。それにしても、緑の真ん中に茶色の種は明らかに浮いた存在だ。旧住民である緑のから松たちから受け入れてもらえるだろうか。

# 第八回　母は敏腕マネージャー

●一月二十日

最近、K嬢が私のことを「マネージャー」と呼ぶ。何のことかと思ったら、アイドルユニット・キタシンスのマネージャーだそうである。芸能界のことなど何も知らず、ただきれいに咲くことだけを夢見て私の家へ「上京」してきた三人のヒヤシンス。彼女たちを立派なアイドルに育て上げ、世に出すことが私に課せられた使命なのだそうだ。

なるほど、確かに彼女たちは一人では何もできない。水も替えられず、遮光用の箱を被ることも不可能だ。「美人は夜作られる」そうだから、そのための箱など積極的に被っていきたいところだろうに、それすら自力でできないというのは、アイドルを目指す者としての心中察するに余りある。

思えば先日のカーたんの事故では、傾いた自分の身体を起こすこともままならずにいた。それどころか、そばにいたユメメやピリリに異変を知らせる術《すべ》もなく、私が気づくまでただ半身を水に浸け、じっと耐えていたのである。ユメメやピリリにしても同じだ。たとえカーたんの異変を察知したとしても、助けを呼ぶことは叶わなかったろう。呼ばれたら呼ばれたで腰を抜かすだろうが、それにしてもあまりに無力である。

仔鹿《こじか》でさえ生まれてすぐに立つご時世である。いや、仔鹿にご時世は関係ないが、仔鹿を抜きにしてもキタシンスの面々はおとなしすぎる。もし無事にデビューできたとして、こんなことで芸能界の荒波を渡っていけるのか。これではアイドルというより植物ではないか。もしかすると私は植物を育てるような気持ちで、キタシンスに向き合わなければならないのではないか。と一周回って正解にたどり着いたところで、水の交換である。

今日も三人に変わりはない。変わりはないということは、カーたんの変色してぶよぶよになった表面や、ユメメの折れた根っこの状態もそのままということである。それがいいことなのか悪いことなのか、まだ判断がつかない。ピリリだけは相変わらず順調で、ちょっと線が細い（根っこの）印象はあるものの、すくすくと生長しているのが救いだ。

以上のことを確認し、水を替える。いくら敏腕マネージャーといっても（誰も言っていないが）、今の時点でできることはほとんどないのだ。本人たちの頑張りと、水に含まれる謎のスーパー成分に希望を託すのみである。

●一月二十一日

日頃はキタシンスの敏腕マネージャーとして仕事に励んでいる私であるが、家庭に戻るとごく普通の一人の母親である。誰の母親かというと六つ子スプラウトだ。

現在は次男の「から松」が、真っ暗なシンク下で下積み生活を送っている。長男の「われ松」に比べ、種の時代から流されやすく寂しがりやだったから松。すぐに栽培容器の隅に固まり、ドーナツ状に身を寄せ合う姿には正直不安を感じたこともあったが、そこが彼らにとっての安住の地だったのだろう。今ではきちんと根を張って、落ち着いた生長ぶりを見せ始めている。

今日、シンク下を覗いたところ、身長といい、葉の具合といい、そろそろ下積みを終えてもいい頃合いになっていた。ここからは一人前のスプラウトとして存分に陽の光を浴び、自らの栄養価を高める時期に入るのだ。

「さあ、元気におひさまの下に飛び出しなさい！　そして美味しくなるのだよ！」

母としての喜びと期待をこめて栽培容器をリビングに送り出す。と言いたいところだが、実は気になることが一つあった。世代間格差である。

二日ほど前、隅に偏りがちなから松の性格を心配し、真ん中の空き地部分に新しい種を蒔いた。さほど深い考えはなかった。空間の有効利用というか、殺風景な土地の景観美化というか、弱気なから松にちょっと奮起を促すというか、とにかく河童のお皿に植毛をするような軽い気持ちであったのだ。軽い気持ちで河童の皿に毛を植えることの是非は別にして、所詮は数日の差、さほど問題はないだろうと高をくくっていたのである。

だが、その数日が思いの外大きいことが、本日わかった。どう見ても「真ん中のから松」がまだ「種」なのだ。茶色の小さな種である。ヒゲのような芽がぽよぽよと生えてきてはいるものの、ふさふさと繁る「先輩から松」と比べると、子供と大人というか、まるで別の植物のようだ。正直、数日の差がここまでとは思っていなかった。おのれの浅はかさを後悔したが、だからといって、真ん中だけを今更取り出すわけにもいかない。

迷った末、予定通り引っ越しを敢行することにした。周辺にいる第一世代のから松の生長を優先したのだ。これはある種の賭けでもあった。第二世代のから松を、若いうちから日の当たる場所に出すことのリスクが予想できないからだ。明るい光に耐えられずに干からびてしまうかもしれない。あるいは下積みを経験しなかったことで、天狗《てんぐ》になるかもしれない。天狗になった者たちは、傍若無人な振る舞いをするだろう。たとえば自分だけ異様に水を吸い、周りのスプラウトをすべて弱らせてしまうとかだ。狭い栽培容器の中での諍《いさか》いや殴り合いは、本人のためにもならないし敵も多くなる。

血で血を洗うスプラウト栽培。あの気弱で寂しがりやだったから松の、そんな姿は見たくない。

「せめてお前たちが盾となって直射日光から守ってやっておくれ」

背の高い第一世代のから松に心の中で話しかけつつ、栽培容器をリビングに移動させる。上から覗くと、見事な河童状態である。緑の第一世代に囲まれて、中央部分から微《かす》かに生えつつある白い芽。生え揃う日は来るのだろうか。

●一月二十四日

あれから三日、残念ながらから松における世代間格差は縮まってはいない。むしろ開いている感すらある。リビングへ越して以来、明るい世界のすべてを吸収する勢いで生長する第一世代に対し、第二世代のから松は相変わらず種っぽいままなのだ。

不安を覚えつつ水を替え、霧吹き。なんとか元気に育ってほしい。第二世代が生長を止めてしまうようなことがあったら、完全に私の判断ミスである。ならず者になるのは嫌だが、種のまま死んでしまうのはもっと嫌だ。

一方、第一世代は既に思春期に突入し、例によって太陽神への傾倒を見せ始めている。われ松に続き、どうやらから松も太陽教への入信を決めたようだ。

ただ、親の身からすると、少し早いようにも思える。いくら生長したといっても、栽培容器の縁からかろうじて頭が出ている程度なのだ。その小さな頭を懸命に太陽へ

向けている。痛々しさすら感じる光景である。しかし、止めても無駄であろうことは、長男のわれ松から学んだ。私にできることは、朝な夕なに栽培容器をくるくる回すくらいのことである。このくるくる作業、われ松の時は「余計なお世話だったかもしれない」と後悔もしたが、実際、華奢《きゃしゃ》な身体でひたすら太陽の方に全身を傾ける姿を見ると、いてもたってもいられなくなるのだ。

それにしても、とふと思う。スプラウトの若者たちはなぜそんなに太陽神に惹《ひ》かれるのか。太陽神に何を求め、太陽を崇めることで一体何をしようとしているのか。

もしや……光合成……？

「もしや」も何も光合成しかないのだが、だからといって彼らの痛々しさが薄まるわけではない。少しでもくるくる作業を休むと、たちまち五体投地のように太陽神にひれ伏す。信仰とはそういうものとはいえ、そのストイックさが時に辛《つら》くなる。もうちょっとこう若者らしい気楽さでもってやっていってもいいのではないかとも思う。

●一月二十五日

冬が本格化し、毎日雪かきに追われている。飽き飽きだし、肩も痛い。第一世代から松もそろそろ青年期に入ってきたのだから、雪かきの一つくらい手伝っても罰は当たらないと思うが、誰一人「お母さん、手伝いましょうか」と言う者はいない。ただただ冬の陽を求めて、太陽神への帰依を深めている。育て方を間違えたのだろうか。

そう思いながら、日に二度の雪かき。朝には大泣きしながら学校に送り出される小学生の男の子を見かけた。よほど学校に行きたくないらしい。しばらく泣き叫んでいたが見送る母親の心は動かせず、やがて背中を押されて嫌々歩き出した。スキー授業の日なのだろう、スキー板を抱えており、足取りは信じられないくらい重い。気持ちはわかる。私もスキー授業は本当に嫌だった。スキーと靴が重くて登校するだけでも体力を使い果たすし、寒いのもつらかった。全校で二年に一人くらい骨折者が出るのも恐ろしかった。中学生になっても高校生になってもそれは変わらず、「学校を出たら一生スキーなどしない」との誓いを立てて、今もそれを守っている。

男の子は一分間に二十歩くらいののろのろスピードで、さらにカニのような横歩きをしている。うつむきながらも時折家の方に目をやるのは、母親が「もういいから帰っておいで」と言ってくれるのを待っているのだろう。だが、彼女は既に家に入ってしまった。その代わりと言ってはなんだが、私が除雪の手を休めてのろのろ歩きの彼を見守る。

「あのスピードでは永遠に学校にはたどり着けないのではないか」

いささか心配になったその時である。突然彼がくるりと前を向いた。そしてまるで何事もなかったかのように、すたすた歩きだしたではないか。見ればちょうど家が遠く小さくなり、雪山の陰に隠れた頃合いである。なるほど人はこうして何かを諦めるのだ。

という光景を目撃し、昔、飼っていた猫のことを思い出した。猫が十歳になったあたりから「そろそろこの子も学校に行かせるべきなのではないか」との声が、主に私から上がるようになったのである。

苦労は見えていた。なにしろあのかわいらしさである。入学初日から全女子猫生徒が一斉に恋に落ち、毎日つきまとわれるわ、毛づくろい志願者が列をつくるわ、食べきれないほどのササミ肉をもらうわ、ほかの男子猫から嫉妬《しっと》されるわで、波乱の学園生活になるのがわかりきっていた。それでも猫としての喜びや青春のきらめきが学校にあるなら、ぜひ味わわせてあげたかったのである。

問題は猫の学校が見当たらないことであった。めだかの学校やすずめの学校は歌にもなっているので存在するのだろうが、猫の学校は聞いたことがない。めだかやすずめの学校に編入させることも考えたが、めだかでは川に落ちてずぶ濡れになって皆にからかわれ、すずめでは「先生！　斉藤《さいとう》くん（猫の名前）がお友達を狩ろうとしています！」と言いつけられて退学になる未来が見える。結局、入学に二の足を踏んでいるうちに猫は死んでしまった。

そういえば、われ松もから松も学校へは入れていない。そのことでいずれ彼らから恨まれる日が来るのだろうか。

……などということを真剣に考えてしまうほど雪との闘いに疲れている。

●一月二十八日

第二世代のから松が突然覚醒したようだ。にょきにょきと背丈が伸び、緑の色も濃くなった。身長こそ第一世代には及ばないが、もう心配はないと思われる。上から見ても世代間格差は消え、せいぜい世代間段差となった。いずれ第二世代の背が伸びると、段差も解消されるであろう。育毛の成功である。

一方のキタシンスも、上京してきた当初の写真と比べると、根はもちろん芽の部分も少しずつ大きくなっていることがわかる。特にユメメとピリリは、つやつやとした芽がぴょこりと顔を出しはじめ、そろそろ覆いを外す時期が近づいてきているようだ。

気になるのは、やはりカーたんである。

まず根っこが思ったように伸びていない。通常の、というのはユメメとピリリを基準にしてということであるが、その長さまで生長しているのは数本だけで、あとは未だ数ミリのままという心許なさだ。芽もほかの二人より小さい。変色部分も相変わらずぶよぶよしている。球根とはこんなにぶよぶよしているものだったろうか。胸に湧いてくる「これを世間では腐っていると言うのでは？」との思い。それを払拭するように丁寧に水を替える。

●一月三十日

ユメとピリリをいよいよ外に出すことにした。被せていた箱を外し、陽当たりのいい窓辺に引っ越しさせる。これまでは火の気のない部屋に置いていたが、今日からは暖房のある私の仕事場が彼女たちの居場所だ。

昼間、原稿を書きながらふと目をやると、ポットの水が太陽の光を反射し、きらきらと輝いている。美しい。デビュー前だというのに、既に人の心を打つようなきらめきである。

やはりこの子たちはアイドルになるために生まれてきたのだ。

決して完璧な子たちではない。ユメは相変わらず根が半分折れて失われ、ピリリは全体的に細くどこか弱々しい。ライバルを押しのけて芸能界を駆け上っていく荒々しさや、周りを圧倒するような絶対的美貌もない。けれども彼女たちは輝いている。

自分のやるべきことをやる強さと、すべてを受け入れる優しさに溢れているのだ。

ユメメとピリリ。彼女たちさえいれば、今はまだ一人暗闇で時を待つカーたんも、いつかはきれいな花を咲かせることができるだろう。三人は仲間だ。彼女たちもまた、カーたんを待っている。そう信じて、カーたんにも声をかける。

「早く大きくなってユメメやピリリとあの窓辺に並ぶんだよ」

カーたんは何も言わないが、気持ちは通じたはずだ。励ますようにそっと球根を撫でる。ぶよぶよである。

いやあほんと、カーたん腐っていませんように。

# 第九回　そろそろ……

●一月三十一日

ものすごく中途半端な日付から始まってしまった。本当なら前回の日記に一月末までが収まるはずだったのだが、実際に書き進めてみるとあら不思議、きれいにはみ出してしまったのだ。原稿の目測を誤ったのである。うちで飼っていた猫は洗濯機に飛び乗ろうとして目測を誤って失敗、そばにあったゴミ箱をひっくり返して派手な音をたてた挙げ句、たまたまそばで目撃していた私に、

「にゃ！　うにゃにゃ！　にゃにゃにゃにゃにゃにゃ！　うーーーにゃ！」

とえらい剣幕で逆ギレしたことがある。思わず、

「どしたの？　失敗しちゃったの？　間違えたの？　落ちちゃったの？　何で怒ってるの？」

と原因を追及したところ、

「んんー！　ぢゃ！」

というような聞いたことのない捨て台詞《ぜりふ》を吐かれて、とてもかわいらしかった。

「ぢゃ！」の時にはヒゲがふるふるして、もう本当に天使としか思えない。
あれはバツが悪いのかと思っていたが、「よいか人間！ 俺の姿をしかとまぶたに焼き付けよ！ どれだけやり慣れたことでも時に目測を誤る！ それが人間というものじゃ！ 俺は猫だけどな！」との身を挺《てい》しての教えだったのかもしれない。かわいらしいうえに徳が高い。もはや師だ。天使であり師でありさらに猫。柔らかくてふわふわで気高くてちょっぴり間抜け。完全な存在というのはこのことを言うのではないのかと改めて感じ入るが、うむ、何の話だったっけ。
目測か。

つまり、目測を誤り、三十一日の分の日記がはみ出してしまったのだ。「一行でちゃっちゃっと書けばいっかー」とも思ったものの、さすがにそれでは間に合わない。かといって三十一日をなくすわけにもいかず、結局このような切りの悪い日付で持ち越すことになったのだ。改めて今日の日記を記す。

ユメメとピリリに続いて、カーたんも覆いを外して窓辺に移しました。

一行で終わってしまった。

●二月一日

窓辺に移したとはいえ、実はカーたんはユメメやピリリと合流したわけではない。球根が水に浸かるという不慮の事故の影響は大きく、カーたんの生長は鈍い。根は伸びず、芽は小さく、負傷箇所はぶよぶよと茶色くなっており、アイドルユニット・キタシンスのメンバーとしてきれいな花を咲かせるには、まだまだ不安が大きい状況なのだ。

そのようなカーたんを、順調に生長しつつあるユメメやピリリと同じ場所で生活させるのは、やはり忍びなかった。二人の姿がカーたんの繊細な心に傷を残す可能性もあるし、なによりデビュー前から余計な劣等感を抱くようなことになっては、今後の活動に差し障りがある。

そこでまずは台所への引っ越しを敢行した。夏は暴力的な西日が差し、「ここに台所作ってガスコンロ置くと考えたアホはどこのどいつだ（父）！　今すぐ出てこい（既にいる）！」と怒鳴りたくなる場所だが、冬はその日差しがいい具合に弱まり、優しくカーたんを包み込むのではないかと期待したのだ。まあ、今の時期の日は優しいというより弱々しく、どうせすぐに沈むのだが、それでもカーたんの傷ついた球根を癒やしてくれればと願う。また、人の出入りが多いのもカーたんの生長にとってプラスに働くに違いない。「見られること」を仕事とするアイドルの自覚が芽生え、さらには「みどりのゆび」を持つ母の、目には見えない「みどりオーラ」を浴びる可能性があるからだ。

カーたんを見守る環境は整った。あとは本人の生きる力に賭けるのみだ。

改めて数えると、生長した根はわずか四本。四本で花を咲かせることができるか不安ではあるが、カーたんならそんな逆境を撥《は》ね返してくれると信じている。

●二月二日

ユメメとピリリの芽が大きくなり、先端が開いてきた。特にユメメの生長が速く、芽と呼んでいた部分が長く伸びて、既に「葉」へと変化してきている。つやつやとしたその緑の葉は幾重にも重なっており、奥にまだ見ぬ花が眠っているのだと思うと不思議な気持ちがする。

そういえば昔飼っていた犬は、母親が柴犬《しばいぬ》、父親はどこの誰だかわからない、おそらくこの子かなあと思う候補はいるけれども本人たちの口が固くて真相は闇の中、という境遇に生まれた犬であった。

我が家にもらわれて来たのは離乳が済んだ頃。母親似の毛質を持つ（かわいい）薄茶色の赤ちゃん犬だったが、大きくなるにつれ少しずつ毛の様子が（かわいく）変わり、気がついた時には子犬時代とは似ても似つかぬ立派な（かわいらしい）ムク犬となっていた。体も笑えるほど大きくなり、途中で別の（かわいい）犬と入れ替わったのかと疑うほどであったが、世界中の犬のめんこいところを寄せ集めたような風貌と無邪気で優しい性格は変わらなかったので、やはり同じ（かわいい）犬だったのだろう。途中、心のきれいな人にだけ見える真実の言葉が紛れ込んでいるのは気にしないでいただくとして、キタシンスもこれから幾度となく変化を重ねるはずだ。最終的には今の姿からは想像もつかない花を咲かせ、周りを楽しませてくれるに違いない。私は別にヒヤシンスが好きではないが、という驚きの事実を事ここに至ってさらりと告げてみたが、マネージャーとして手がけたキタシンスはやはり特別にかわいいものである。素直に応援したいと思う。

ちなみにムク犬は雪遊びをすると、脚といわず顔といわず、全身のあらゆるところに雪玉がくっつき、「あのう……なんかこれ変になっちゃったんですけど」と毎回新鮮に困る様子がたまらんので、お好きな方は飼うといいと思います。それにしても猫といい犬といい、なぜ我が家には世界で一番めんこい動物がやってくるのだろうか。

●二月五日

キタシンスのことばかり書いてしまったが、というか猫と犬のことばかり書いてしまったが、もちろんマスタードスプラウトのから松も元気である。

種蒔き時期のズレによる、第一世代と第二世代の格差は完全に消え、今や見た目ではどちらがどちらかまったくわからなくなった。それどころか「あんた何その髪の毛！　鬱陶しいにもほどがある！　いい加減散髪に行きなさい！」と母親に叱られる中学生男子のような伸び具合である。植毛的には文句なしの成功といえよう。

心配された太陽神への傾倒も、容器くるくる作戦が奏効したのか、さほど偏ったものとはならなかった。まあ、信仰なので本当は偏っていていいのだが、それにしてもあまりひれ伏してばかりだと、真っ直ぐな生長が阻害されるのではと不安になるのが親心というものである。

だが、それももう心配はいらない。小柄で流されやすく寂しがりやだったから松も、そろそろ巣立ちという名の食べ頃である。スプラウトは栄養価が高いという。本当に立派になったものだ。

●二月六日

「から松はネギ」というのが、最近のＫ嬢の教えである。あまり目立たず、しかし脇役として常に要所を締め、と同時にある種の料理においては欠くべからざるものとして存在感を示す。そんなから松の、控えめだが芯の通った性格を表したものかと思ったら、

『マスタードスプラウト　レシピ』で検索した結果、ネギと思って調理すれば間違いないことがわかりました」

という、そのまんまの意味であった。具体的には「タンパク質と炒めるか、サラダに入れるか」とのことで、具体例があまりネギの調理法っぽくないことに軽く混乱しつつ、夕飯の野菜サラダに交ぜることにする。

手順は簡単。

一、栽培容器から根っこごとやや力任せにめりめりと取り出す。

二、水洗いする。

三、根っこを切る。

四、ほかの野菜に交ぜる。

以上である。

作業としてはあっという間であったが、しかしこの一連の流れを息を凝《こ》らしてじっと見つめている者がいた。キタシンスのカーたんである。実はから松を料理する前、私はカーたんを同じように水洗いしていた。球根の茶色いぶよぶよを、思い切って取ってしまおうと考えたのだ。患部を流水で洗い、表面の薄皮を剝がす……つもりが、カーたんの傷は思いの外深く、肉っぽい部分までべろべろと剝《む》けてしまった。

「大丈夫なの？」

みどりのゆびこと母が心配するくらいのべろべろである。みどりのゆびにそんなことを言われるとドキドキするが、私の動揺がカーたんに伝わってはいけないと、敢《あ》えて明るく振る舞った。

「大丈夫大丈夫！　ほら、ニンニクみたいで美味しそうだよ！」

中から現れた真っ白な球根を手に、咄嗟《とっさ》に口にした私の言葉を確かにカーたんは聞いていた。驚いたであろう。まさか自分がニンニクだとは思いもしなかったろう。

いや、ニンニクではないのだが、カーたんの繊細な心がどう受け取ったのかはわからない。そこへもってきてのから松の収穫である。調理に至る一連の流れを見つめていたカーたんが、「洗われたら最後、食べられる」と信じ込んでしまったとしても無理はない。自棄《やけ》になったカーたんが、花咲かす気力を失くしてしまったらどうしたらいいのか。

後悔の念に苛《さいな》まれつつ、から松のサラダを食べる。当たり前だが、マスタードスプラウトの名のとおりのピリ辛である。ただ、基本的には素直な性質なのだろう。刺激的というほどではなく、よくよく噛《か》むと遠くで辛味が囁《ささや》く感じだ。こんなところまでから松は奥ゆかしい。

●二月八日

カーたんの芽が少し開き始めたように見える。洗ったことがよかったのかもしれない。あるいは自分がニンニクではないことを証明しようと、カーたん自身が頑張ったのかもしれない。どちらにせよ、カーたんは私が考えているよりずっと強かったのだ。さすが生き馬の目を抜く芸能界を目指すアイドル候補である。

そのカーたんの芽は、ユメメやピリリと比べると緑色が少し薄い。例の怪我が影響しているのか、あるいは生来の色白なのか。ただ、球根も白という点を考慮すると、基本的に色白なのは間違いない。外国人の血が混じっている可能性もある。ヒヤシンスにとって外国人とは……という問題を提起しつつ、今から花が楽しみである。

ユメメとピリリにも、ここにきて変化があった。蕾《つぼみ》である。ユメメの葉の間から、アスパラガスの穂先のような蕾がひょっこりと顔を覗かせ始めたのだ。まだ固い緑の蕾だが、ついにデビューが視野に入ってきた感がある。ピリリの蕾はそれよりさらに固く小さい。上から覗くと、ようやく穂先が見える程度だ。それでも確実に生長が感じられて、とても楽しみだ。

ユメメもピリリもこの先、茎が伸びて小さな花がたくさん咲き、あの砧打《きぬたう》ちに使う横槌《よこづち》のような形になるのだろう。ご存じだろうか砧打ち。私も今、自分の語彙《ごい》に「砧打ち」があったことに驚いているが、なんというか太ったきりたんぽみたいな槌で布を叩いていい具合にする作業だ。『まんが日本昔ばなし』かなんかで、よくお婆《ばあ》さんがやっていた。その太ったきりたんぽ状の槌の形に、満開のヒヤシンスは似ているのである。持ち手が茎で、頭というか本体というか、モワッと膨らんだ部分が花だ。小さな花がたくさん集まって……と、強引に説明し続けているが、なぜこんなにわかりにくい比喩を持ち出してしまったのか。読んでいる人はさっぱりイメージできないだろう。私もできない。失敗した。

●二月九日

キタシンスの三人は、どうやら本格的に生長期に突入したようである。ユメメは一日でだいぶ茎が伸び、蕾が完全に顔を出した。先の方がうっすらと赤く色づいてきており、あとは咲くのを待つばかりといった風情である。ピリリの蕾も大きく育ち、カーたんは葉っぱがだいぶ開いてきた。ぱっと見、控えめなチューリップのような雰囲気である。キタシンスの時代は近いかもしれない。

●二月十日

そろそろ……の予感がする。

●二月十一日

そろそろ……の予感がさらに強くする。

●二月十二日

やりました！　ついに！　ついに！　ユメメの花が開いた！　頭のてっぺんに赤い花が数輪、まばゆいほどに光り輝いて咲いている。窓の外はまだ真っ白な雪景色だが、一足先に明るい春がやってきたかのようだ。

最初からお姉さんの雰囲気をまとっていたユメメ。しかし決して順風満帆でここまで来たわけではない。途中、根っこの半分を失うというアクシデントに見舞われ、というか私がアクシデントをお見舞いし、そのせいでかなり少なめの根で頑張ってきたのだ。

逆境を撥ね返すその姿は、ほかの二人にも勇気を与えたことだろう。特に小さなカーたんは、ユメメの鮮やかな花を自分の花として胸に熱く刻んだに違いない。そう、それこそがキタシンス。愛のユニットなのだ。

と思ったが、カーたんは遠く離れた台所に一人いるので、実際はユメメを見ていないのだった。そろそろ合流させたい。

# 第十回　ステージへ

●二月十三日

年頃の女の子の成長は早い。たった一日でキタシンスのユメメはぐんと背が伸びた。花の数も一気に増え、昨日はてっぺんに二つほどだった赤い花が、今日は既に十個ほど開きかけている。「男子三日会わざれば刮目《かつもく》して見よ」という言葉があるが、「ヒヤシンス一日会わざれば刮目するまでもなくすごい」のである。

そんなわけで、そろそろデビューが現実味を帯びてきた。実際、ソロで活動するなら十分な頃合いであろう。初々しさを残したユメメが一人で芸能界に飛び込み、アイドルへの階段を駆け上る。スポットライトを浴びて、みるみる美しくなっていくユメメ。ところが誰もが彼女の魅力の虜《とりこ》となったところで、突然の結婚、引退である。山口百恵時代で私の時間は完全に止まっているので、ユメメが可憐《かれん》な花を揺らしながらステージの真ん中にマイクを置くシーンが、ありありと見えるのである。

が、ユメメはあくまでキタシンスのメンバーだ。ピリリとカーたんと三人揃っていなくては意味がない。まあ、『花の中三トリオ』的な雰囲気でそれぞれを売り出す手もないわけではないが、桜田淳子や森昌子だってデビュー時期は百恵ちゃんとほぼ同じなのである。あまり活躍時期がズレては意味がない。と、ものすごく世代が限定される比喩は気にしないでもらうとして、問題は生長速度である。

今現在、ピリリもカーたんもユメメの生長には追いついていない。ピリリの蕾はまだほころぶほどではなく、カーたんに至っては小さな蕾がようやく顔を覗かせ始めたばかりだ。「花の命は短くて苦しきことのみ多かりき」であるから、ピリリやカーたんの開花前に、ユメメが「苦しかった……」と言い残して枯れてしまう可能性もないことではないのだ。

猫ならよかった。これが猫なら一年や二年の差など、あっという間に解消される。やはり植物は猫ではないのだと今更ながらの思いで、とりあえずキタシンスの三人を合流させることにする。台所で怪我の治療にあたっていたカーたんを、ユメメとピリリのいる私の部屋へ連れてくるのだ。三人並ぶことで、ユニットとしての自覚を高めてほしい。

カーたんはずいぶん元気になった。集団生活にも耐えられるだろう。一見乱暴に思えた「球根べろべろ剝き療法」が功を奏し、少ない根っこのまま、彼女なりの「ヒヤシンス一日会わざれば刮目するまでもなくすごい」ぶりを見せてくれるようになったのだ。蕾が顔を覗かせているだけと書いたが、それ自体が生長の証《あかし》なのである。

初めて三人を窓辺に並べる。総選挙はしていないけれども、自然とカーたんがセンターとなった。荒療治に耐えた小さなカーたんを見守るように、ユメメとピリリが両脇に立つ。そこに降り注ぐ冬の陽。なんともいえず感慨深い。

●二月十四日

ヒヤシンス一日会わざ（略）。ユメメの花はまた増えた。赤い色もますます鮮やかになり、もう満開も近いかもしれない。

後を追うピリリの蕾も大きく膨らみ、うっすらと紫がかってきた。球根の色は同じでも、どうやらユメメとは違う色の花が咲く気配である。それでこそキタシンスだ。

●二月十五日

ユメメの花がほぼ咲き揃った。最初の花が開いてから、ここまであっという間であった。思わず「そんなに急いで大人にならなくてもいいよ」と声をかけたくなるほどだが、若い時ほど大人への憧れは募るものなのかもしれない。

嬉しい反面、やはり心配も募る。一人突っ走るユメメを見ていると、ひょっとして彼女は本心ではソロ活動を望んでいるのではないかとも思うからだ。たしかに彼女の姿は、アイドルと呼ぶにはあまりに艶《あで》やかだ。花びらの色は日に日に濃くなり、今や赤というより紅色に近い。妖しく艶っぽいその姿は、既に大人の雰囲気を醸《かも》し出しており、今にも舞い上がり揺れ落ちる肩の向こうにあなた山が燃えそうである。全身から『天城越《あまぎご》え』的雰囲気が立ち上っているといっても過言ではないのだ。

この子は演歌向きかもしれない。

敏腕マネージャーとしての勘のようなものが、そうささやきかける。「年配者の心をがっちり摑《つか》んでディナーショーでがっぽがっぽの道もあるかもしれない」との思いも湧き上がる。だが、それが彼女の真の幸せなのかと問われると、正直わからない。敏腕マネージャーと言いつつ、実は芸能界に疎《うと》いのだ。

そういえば昔、飼い猫があまりにかわいらしくて、このままでは芸能界に誘われるのではないかと心配になったことがあった。台所でカリカリを食べる姿がスカウトの目にとまるのだ。スカウトがなぜ我が家の台所に現れたかというと、夢で見たのである。見知らぬ街の見知らぬ家のとてつもなくかわいい猫が夢に現れた。その場所を探して日本中を歩き、ようやく我が家を見つけたのである。

スカウトの人は、なんとかうちの猫を芸能界入りさせようとする。目の前に好物のササミを山と積んで首を縦に「にゃん」と振らせようとし、我々にも莫大《ばくだい》な契約金の話をする。「映画にも出られますよ、もちろん主演です」。ずいぶんしつこく誘われるが、しかし結局、私は断る。芸能界に疎いからである。どれくらい疎いかというと、唯一のアイドルの思い出が、「近藤真彦には脇毛が生えていないと同級生の女の子たちが騒いでいた」ことだというくらい疎い。あれは何だったのだろう。本当に突然大騒ぎになったのだが、私のクラスだけかと思ったら、つい先日ツイッターでフォロワーさんがまったく同じ話をしていた。札幌とは遠く離れた地で同じような騒動があったのだという。日本各地でマッチの脇毛が話題になった日が存在したのだ。全国同時多発脇毛。アイドル界は深い。

と、猫のデビューを断るくらい芸能界とは縁遠く、ユメメの望みもわからない。

「アイドルになりたいの？　それとも演歌？」

「……」

無口なユメメとの意思の疎通は難しい。そこで彼女のことを少しでも知るために、花言葉を調べることを思いついた。聞くところによると花言葉には、品種全体に対するものと色ごとのものがあるらしい。早速、グーグル最高顧問に質問をする。

「ヒヤシンス　赤　花言葉」

「嫉妬」

なんということか。完全に演歌風味である。嫉妬に身を焦がしたユメメが、愛するあなたやあなたの陰に見え隠れする誰かや理不尽な世の中全部に対して、恨みの刃《やいば》を向け泣き濡れ酔いつぶれ追いすがり叩きつけられて膝をつく姿が、一瞬にして見えた。

さすがにそれはつらい。ユメメもつらいだろうし、私もつらい。大事に育てたユメメにそんな思いはさせられない。花言葉の件は伏せて、やはりアイドルを目指してもらうことにする。幸いにもピリリの蕾はいよいよ膨らみ、巨大なアスパラガスの穂先のようになってきた。ユメメに追いつく日も近いかもしれない。

●二月十六日

予想どおりピリリが開花した。しかも一日で十以上の花が開いた。まったくもって「ヒヤシンス一日（略）」である。蕾の段階から察しはついていたが、花弁は清楚《せいそ》な紫色であった。控えめで努力家のピリリにふさわしい落ち着いた色合いだ。

咲き方もユメメとは少し違う。頭のてっぺんから華やかに咲いたユメメとは逆に、茎の下側の花の方がよく開いている。ラッパ形というかベル形のかわいらしい花びらがひらひらと揺れている。

開花のお祝いにピリリの花言葉も調べることにする。

「ヒヤシンス　紫　花言葉」

ううむ。

「悲しみ」「悲哀」「初恋のひたむきさ」

ユメメほどの衝撃はないが、全体的に憂いを帯びていて、要らぬ苦労を背負い込みそうな気配がする。なんとなく胸の奥がざわつく感じだ。

たとえば中学生の時、ピリリがちょっと不良っぽい同級生に恋をしたとしよう。十年後、街でその同級生に偶然再会した時、彼は立派なギャンブル好きのヒモ男になっている。だが、純情なピリリには、男の本性など見抜けない。

「懐かしいなあ。俺のこと覚えてる?」

そう笑顔で言われ、再び恋に落ちてしまうのだ。もちろんそれは本当の恋などではないのだが、ピリリにわかろうはずがない。そのままずるずると不幸への道を歩み、気がついた時には抜き差しならなくなっている。別れようと思うたび、昔のままの笑顔を見せる彼をどうしても嫌いになれなかったのだ……。

そんな展開を想像させるような花言葉である。あまりにも不憫なので、「ピリリは紫ではなく青かもしれない」と思い直して、青いヒヤシンスの花言葉を調べると、「変わらぬ愛」であった。どうしてもヒモ男とは別れられないということだろうか。

●二月十七日
カーたんの蕾がようやく膨らみ始めた。開いた葉の間から、しっかりとした蕾が見える。ただ、蕾の生長に伴って球根が割れてきているのが少し気がかりだ。怪我の治療のためにべろべろ皮を剥いた箇所である。ユメメもピリリも未だ薄紫の薄皮に守られているというのに、小さなカーたんだけが正真正銘の剝き身で、この厳しい芸能界を渡っていかねばならないのか。胸が痛む。

●二月十九日

ピリリの様子が何かおかしい。花の数は順調に増えているものの、昨日まで美しく伸びていた背筋が今日は大きく曲がり、まるで二百歳のお婆さんのようになってしまった。必然的に花を咲かせた頭もうつむきがちになり、全体的に歪《ゆが》んで見える。具合でも悪いのだろうか。心配になって葉の中を覗き込むと、なんと茎の横から新しい蕾が顔を出しているではないか。それが茎を圧迫し、ピリリをおばあさんの姿にさせていたのだ。

「この蕾は誰？」

「……」

答えない。何か言えない事情があるのだろうか。ひょっとして、とある予感に苛まれながら改めて尋ねてみる。

「もしや、あのヒモ男の子供……？」

ポーカーフェイスのピリリの表情が一瞬変わった。ということはなかったが、おそらくは図星であろう。無言のピリリから、真実は自分一人の胸にしまって墓まで持っていこうという覚悟が伝わってくる。

それにしてもどうするべきか。この時期での妊娠発覚など、デビューのとりやめも考えられる事態だ。だが、今まで頑張ってきたピリリをメンバーから外すことなど、私はもちろんユメメやカーたんも考えてはいないはずだ。

かといって、放置するわけにもいかないだろう。悩んだ末、最高顧問であるグーグル先生にお伺いを立ててみた。最高顧問は何でもご存じなのである。すると、二つのことがわかった。この蕾を「二番花」と呼ぶことと、二番花が出てきた時は、最初の花を早めに切ってやるのが大切だということである。そうしなければ二番花が育たないまま死んでしまうそうだ。

やっと咲いたピリリを切ってしまうには忍びないが、それがピリリのためでもあるという。引退ではない。花瓶の中へと立ち位置を変えて、これからもキタシンスの一員として頑張ってもらうだけである。

「一緒にこの子を育てていこうね」

そう声をかけ、茎の根元の方から鋏《はさみ》を入れる。ピリリは何も言わなかった。急なことだったので、ちょうどいい大きさの花瓶が用意できず、ピリリ自慢のすらりとした茎がすべて隠れてしまうというミスもあったが、黒い花瓶がピリリの静かな佇まいによく似合った。

ユメメ、カーたん、子ピリリと並んだ姿を、花瓶に引っ越したピリリが優しく眺める。こんな日が来るとは思わなかった。

●二月二十日

花瓶に移ったピリリはますます美しく咲き誇っている。若い頃は華やかなユメメと小さな末っ子カーたんの陰に隠れていたピリリだが、大人になってみると、一番茎が太く花びらも大きい。ユメメは生長のスピードの割には線が細く、カーたんは言うまでもなくちびっこだ。球根時代の根っこの負傷問題が関係しているのだろう。

それでもしみじみ思うのは、三人が可憐な姿を見せてくれて本当によかったということである。今まで伏せていたが、実はヒヤシンスを育てるに当たって心配していたことが一つあった。臓物化である。ヒヤシンス、特にガラス容器での水栽培では、ポットの中でうねうねと渦巻く根っこが内臓を、密度濃くみっしりと咲く花びらの集まりが脳みそを思わせて、率直に述べて苦手だったのだ。立派に咲けば咲くほどグロテスクに見えて、「解体新書かよ」と密《ひそ》かに思っていた。もちろんキタシンスは別だ。自分が手塩にかけて育てた子たちである。たとえ臓物化しても愛情が変わらない自信はあった。でもまあ、しないならしないに越したことはない。本当によかった。

今日、カーたんの花が開き始めた。背があまり伸びず、葉の間に埋まるようにしての開花である。色は純白。花言葉は「控えめな愛らしさ」「心静かな愛」。大きな怪我を我慢強く乗り越えたカーたんにぴったりだ。

●二月二十一日

子ピリリが早くも花を咲かせはじめた。二番花はあまり大きくならないとグーグル最高顧問が言っていたが、確かに親ピリリと比べて花の数も少なく花弁も小さめだ。でも負けないくらいかわいらしい。

●二月二十二日

今日は記念すべき日である。ユメメ、子ピリリ、カーたん、親ピリリ。四人の花が咲き揃い、キタシンスのデビューとなったのだ。カーたんは上の方が開き切っておらず、ユメメは逆に上部が萎《しぼ》みかけてきて、ステージで激しいダンスを踊ったりすると息切れしそうな雰囲気が出てきたが、だからこそ今日がデビューにふさわしい。

窓辺で冬の陽をきらきら浴びながら並ぶ四人。『キタシンス』初めてのステージである。デビュー曲は、『ヒヤシンス全体の花言葉「スポーツ」「ゲーム」「遊び」「悲しみを超えた愛」って仲間外れが一つあるよね』に決まった。

ぜひ応援してください。

# 第十一回　花の命は

●二月二十三日

昨日、キタシンスのデビューとほぼ同時に、六つ子スプラウトの三番目「豆苗」の栽培に取り掛かった。手順は長男われ松や次男のから松とまったく同じである。栽培容器のザル部分に種を敷き詰め、その種に触れる程度に下段に水を張り、さらに上から霧吹きで水を掛け、芽が伸びるまで暗い場所に置く。当然、水は毎日替えなければならないが、作業自体は単純である。スプラウト育ても三人目となり、私にも親としての若干の余裕が出てきたのかもしれない。

それでも毎回、新鮮な発見はある。種の大きさが皆微妙に違うのだ。最初に六つ子たちがやって来た時には全員同じ種に見えたものだが、実際に育ててみるとやはりそれぞれの個性というものがある。「赤玉小粒はら薬」のようだったわれ松、それより

小さめで網目からぽたぽた落ちたから松、今回の豆苗の種はその二人に比べるとかなり大きめだ。色合いも茶色から白までバリエーションに富んでいる。見た感じとしては完全に小ぶりのボンゴ豆である。北海道にそういう豆菓子があるのだ。一度食べ始めるとやめるタイミングの見つからない、恐ろしいお菓子である。

そのボンゴ豆をシンク下へ入れる。名前は「まめ松」。大きく育ってほしい。

●二月二十四日

花の命は儚い。キタシンスのデビューからわずか二日、一番のお姉さんだったユメが既に卒業というか引退準備に入っている。最初に花をつけた上の部分が萎《しお》れ、あれほど艶やかだった真紅の花びらが少しずつ暗く変色してきているのだ。根っこを半分折っておいてこんなことを言うのはあれだが、怪我一つさせないように大切に育ててきたつもりのユメメがもう枯れてしまうなんて、あまりにあっけなさすぎる。

ああ、どうして皆、私より後に生まれて先に死んでしまうのだろう。この場合の「皆」というのは、今まで飼った猫や犬や金魚や鳥のことであるが、本当に見事に全員先立ってしまった。もちろん自分が死んだ後にペットだけが残るのも、それはそれで心残りだろう。さっきグーグル最高顧問に尋ねたところ、世界には五百歳を越えて生きている貝やサメがいるそうだ。万が一、そんなものを飼ってしまったら、確実に彼らを残して死ななければならない。死の間際、枕元にペットの貝が入ったボウルが置かれる。

「貝吉《かいきち》（名前）、来てくれたんだね……今までありがとう。さようなら……」

そう言って私が事切れた瞬間に貝がぴゅーっと悲しみの水を吐いて、それを見た周りの人間がもらい泣きするのである。困る。

●二月二十五日

そういえば昔、近所の犬が飼い主夫婦に先立たれてしまい、動物病院で余生を過ごしていたことがあった。最期まできちんと世話をされてはいたが、突然環境が変わり、大好きなお父さんお母さんもいなくなって、犬としてはさぞかし混乱しただろう。

その犬は元々野良だった。それを飼い主夫婦に拾われ、広い庭と豪邸（ストーブ付き犬小屋）を与えられて王子様のような何年かを過ごした後、飼い主の死によって慣れない動物病院暮らしを余儀なくされたのである。

波瀾万丈《はらんばんじょう》の人生である。「ドキュメント女ののど自慢」に出てもいいくらいだ。女ののど自慢。覚えている人がどれくらいいるかわからないが、昔、朝のワイドショーにそういうコーナーがあったのである。一般女性の波瀾に満ちた人生を再現ＶＴＲで流し、その後本人が登場、涙ながらに持ち歌を披露するという趣向である。生い立ち、借金、嫁姑《よめしゅうとめ》問題、夫の浮気、子供の病気。ありとあらゆる不運と不幸を乗り越えた女たちがマイクを握って熱唱していた。歌うのは、ほぼ演歌である。それを朝からとっくりと聞かされる。悪趣味というかなんというか、とにかくすごいな、昭和って。と思って調べたら、番組は二〇〇一年まで続いていた。思い切り平成である。平成も案外すごい。

だからまあ、そこに出演できそうなくらいの犬の人生であったのだ。野良生活から救われたと思いきや、お父さんともお母さんとも突然離れ離れになってしまった。うちの犬と遊んだりしていたこともあって、時折思い出しては、「寂しかったんじゃないのかなあ」と未だにしんみりしてしまう。

そして、キタシンスの人生もまた、十分「女ののど自慢」的である。自らの妖艶さに戸惑いつつも幼い頃からのアイドルの夢を叶えたユメメ、一途《いちず》で健気で途中悪い男に騙《だま》されながらもシングルマザーとして一人娘を育てたピリリ、そしてデビュー前のアクシデントにも負けずに立派なアイドルとなったカーたん。ユニットとして活動した期間は短かったけれど、皆個性的で素晴らしかった。特にピリリの人生は、私としてもぜひ再現VTRで見てみたいものだ。子ピリリの父親、あんなヒモみたいな男（誰？）のどこがそんなによかったのか。二人の間で一体どんな言葉が交わされたのか。ピリリの隠された人生にとても興味がある。収録当日は、子ピリリも応援のためにスタジオに駆けつけるに違いない。

などと、思考を「女ののど自慢」に乗っ取られている間に、幼かったカーたんも花の盛りを過ぎ、キタシンスの解散が現実のものとして迫ってきた。寂しく、名残惜《なごりお》しいことである。ただ、香りはまだまだ強い。どれくらい強いかというと、部屋を訪ねてきた妹が「これ何の匂い？」と尋ねるくらい強い。私も最初の頃はキタシンスの香りだと気づかず、電気ストーブの赤外線ヒーター部分にゴミでもついて燃えているのかと思ったほどだ。妹にそう言うと「わかる！　そんな感じ！」と同意してくれた……と書くと悪臭のようだが、そういったわけでもない。とても濃密な花の香りをさらに煮詰めたような感じで、ずっとそばにいると頭が痛くなるだけのことだ。褒めているのに、そんな感じがしないのはなぜだろう。

●二月二十六日

まめ松の生長が少し遅い気がする。根は順調に伸びているのだが、発芽状況が芳しくない。ひょっとするとシンク下が寒すぎるのだろうか。二十四時間ストーブをつけっぱなしとはいえ、シンク下まで暖気が届かない可能性も高い。

心配になってK嬢に写真を見せると、「種が多すぎるのかもしれないです」と言われた。たしかに敷き詰めたボンゴ豆がぎゅうぎゅうに肩寄せあっている。水分を吸って膨らんだのかもしれない。

一瞬、間引くことも考えたが、しかしまだ生まれてというか、蒔かれて五日だ。周りがあれこれ判断するには、いささか時期尚早にも思える。まめ松が大器晩成型で、ここから急にどーんといって、大きなことをばーんと成し遂げる可能性もあるのだ。幸い根っこは順調に伸びている。犬でも猫でも手足の大きな子は、いずれ体格もよくなるというではないか。まめ松の潜在能力に期待しつつ、しばらく様子を見ることにする。いつもどおり水をやってシンク下へ戻した。

●三月一日
新しく生まれる者があれば、静かに去っていく者もある。ユメメはもう完全にキタシンスを卒業してしまった。いや、この分ではキタシンスだけではなく、芸能界も引退することになるだろう。萎《しな》びてしまった花びらが、今はどんどん黒ずんできている。昔から私は紫陽花《あじさい》が嫌いで、どうして嫌いかというと、花が終わった後に落ちるでも枯れるでもなく、ただひたすらどす茶色く変色していって往生際が悪いからだが、ヒヤシンスもわりとそういうところがある。今回、初めて知って少しショックを受けている。もっとこうあっさりと散るわけにはいかないものか。ついユメメに愚痴りたくなるが、しかしそのしぶとさこそがユメメが最後まで力の限りアイドルとして生き抜いた証でもあるのだろう。

ユメメだけではない。ピリリも子ピリリもカーたんも、皆精一杯咲いた。アイドルとして輝いていた。そして現在、それぞれ終わりの時を迎えようとしている。寂しいけれど、彼女たちの最後を見届けるのも、敏腕マネージャーの務めなのだろう。感謝を込め、改めてキタシンスの面々にお別れの挨拶をする。

「さようなら。今日も街であなたたちの曲が流れていたよ」

まあ、流れてはいないが、そしてデビュー曲『ヒヤシンス全体の花言葉「スポーツ」「ゲーム」「遊び」「悲しみを超えた愛」って仲間外れが一つあるよね』がどんな曲かも実はよくわかっていないのだが、そう声をかけた。たぶん喜んでいたと思う。

●三月三日

やはり間引きをしなくてよかった。まめ松の背丈がようやく栽培容器の縁を超えた。しかもかなり太くて立派な茎だ。まだ陽を浴びていないこともあって色白だが、われ松やから松と比べてもがっしりとした体格なのがわかる。精神的な成長も早いのか、見た目は既にモヤシとなった。早くも「食べ物」としての自覚が芽生えているようだ。

そういえばこの冬、野菜価格が異様に高騰した際には、豆苗が大人気だったそうだ。たしかに野菜売り場で豆苗をよく見かけた。お安くて栄養満点でしかも再生栽培が可能。根元を残して水に浸けるとまた生えてくるのだそうだ。なるほど、一粒で二度（うまくやると三度）美味しいシステムなのだから、たしかに買わない手はないと思いつつ、残念ながら我が家への豆苗導入は見送られた。イギリスには「三歳までに口にしたものだけを生涯食べて生きていく」みたいな人が多いと聞くが、我が家にもまさにそのような性質の年寄り（父）がいて、「豆苗？　何だそれは」と警戒感を顕《あらわ》にしたからだ。まったくイギリス人でもなんでもない新潟出身なのだから、あまりややこしいことを言わないでほしいものである。

と、書いていて思い出した。うちのイギリス人風新潟人、「米は新潟米を食べさせてくれ。俺は米の味だけはわかるんだ」と訴えるのでずっとそのとおりにしていたのだが、ある時新潟米が手に入らず、こっそり北海道米を炊いて出したところ、「お！　米替えたな！　美味しいな！　これ新潟のだべ？」と断言したことがあった。米の味、全然わかっていなかった。豆苗もホウレン草か何かだと言い張ればバレなかったかもしれない。惜しいことをした。

それにしても本当にこの冬は野菜が高かった。もちろん今も決して安くはないのだが、一時期の値段があまりにあまりだったため、感覚が麻痺してしまい、なんとなく落ち着いたような気がしているのは、全面的に気のせいである。とにかくそれくらい高かった。レタスなんて五千年前の遺跡から発掘された宝珠のような値段であった。

スーパーへ行く途中、モンスターをばっさばっさと倒しながら道端の宝箱を開け、誰のものとは知らないお金をネコババしなければ到底手に入れられないような高値である。

白菜だって同じだ。四分割されて一九八円になっているからごまかせている気になっているかもしれないが、一玉に換算すると八百円であることは、私にはとっくにお見通しであった。八百円の白菜ってあなた、もしや台湾の国立故宮《こきゅう》博物院にあるアレではないのですか、と思わずまじまじと見つめたものである。

それでも人にはどうしても白菜を買わねばならぬ日もある。そんな時は目で葉っぱの詰まり具合を確認し、手で持って重さをたしかめ、「これだ」というものを意を決してレジへ運ぶ。ところが家に帰ってぴっちぴちに巻かれたラップを外すと、みっしり詰まっていたはずの葉が一気に広がり、あら不思議、ものすごく風通しのいいすっかすかの白菜になってしまうではないですか。そのたびに、

「ちょっとこれ！　おかしくない？　五十円分くらいしかなくなくない？　なくなくあるよね！　なくなくあるよ！」

と、取り乱したのも、今年の冬の悲しい思い出である。うむ。わたくし今、ものすごく貧乏くさい話をしているでしょうか。していますよね。実際、貧乏だからいいんですけど、いずれにせよ、まめ松にはラップで自らをごまかすような豆苗には育って

ほしくないと親としては思う。

●三月八日

生育の遅れを心配したのが嘘のように、まめ松はすくすくと育っている。大器晩成との予感は当たった。今では兄二人よりもがっしりとした体格に生長し、抜群の安定感を見せている。茎が太いせいか、太陽神への帰依もさほどではない。思えば線が細く、種の時から流されやすかった次男のから松は、太陽神信仰にもとりわけ熱心であった。いくら栽培容器をくるくる回しても、いち早く太陽の位置を察知し、そちらへ全身を投げ出すようにして自らのすべてを捧《ささ》げていたものである。

その点、まめ松は太陽神の教えに耳を傾けつつも、「人生の参考程度に」との態度が見て取れる。光の向きにほとんど影響されることなく、太い茎を迷いなく垂直に伸ばしている。安定感が抜群で、葉の緑も三人の中でもっとも濃く力強い。いつのまにこんなに逞《たくま》しい若者になったのだろう。母としては驚くばかりだ。

●三月九日

まめ松の生長の追い上げが凄《すさ》まじく、もう食べるしかなくなってしまった。背が一気に伸びて、骨格（？）もしっかりしていることから、運動部にでも入れようかと考えていた矢先の、まさかの育ちすぎの危機である。既に見た目はスーパーで売っている豆苗となんら遜色はない。別れをゆっくりと惜しむ暇もなく、夕飯に食することにした。

初めての豆苗、どう調理するべきか悩んだが、「卵と炒めるとたいていのものは美味しい」という経験知を踏まえ、卵とシメジと炒めることにする。ざくざく切ってフライパンに投入。塩胡椒を振ると、まめ松らしいしゃきっとした食感とややクセのある青っぽい味となった。イギリス人風新潟人が「何これ?」と警戒していたので、「新潟の野菜だって」と言うと黙って食べていた。まさか納得したのだろうか。

# 第十二回　四男の信仰心

●四月十七日

早いものでヒヤシンスのアイドルユニット・キタシンスが引退してから一ヶ月半、さらに六つ子スプラウトの三男まめ松を育て終えてからも一ヶ月余りの時が流れた。ようやく雪がとけ、北国も遅い春の気配である。

長かった。年々、冬が長くなる気がする。十月の終わりに初雪が降り、それが三月末にとけるまで延々冬なのである。本当にどうして冬なんてあるのだろう。雪が降って楽しかったのは、子供の頃を別にすれば、猫を飼った最初の年だけだ。あれはよかった。冬の初め、大きなぼたん雪が降った日にやんちゃ盛りの子猫がその存在に気づく。空を舞う無数の白いふわふわを窓ガラス越しに目にして、子猫は言った。

「なんだこいつは！」

まあ、実際には「にゃ！」と鳴いたのだが、翻訳するとそんな意味であったはずだ。小さな背中が緊張して、柔らかな毛がぽやぽやと逆立っている。

「なんだこいつは！　なんだこいつは！　あやしいやつがあらわれた！」

子猫は怒っている。世の中は油断も隙もないからだ。ついこの間、宿敵「お母さんのエプロンの紐《ひも》」をこてんぱんにやっつけたばかりだというのに、また得体の知れないやつらが登場したのである。しかも、やつらは空からふわふわ際限なく落ちてきて、なかには生意気にも自分に向かってくるものまでいるのだ。そのたびに身体をのけぞらせて避《よ》けなければならない。いやがうえにも気持ちは昂《たか》ぶる。

「よし！　このおれが！　このつよいおれが！　しろくてわるいやつらを！　このおててで！　つかまえて！　えいっ！　えいっ！」

と雪に負けないふわふわの手を振り上げ、猫パンチを繰り出すが、そのパンチはなぜか命中しない。透明な固い板にぶつかるばかりだ。それでも子猫は諦めない。

「えい！　えい！　おれのおててにおじけづいたか！」

「おじけぢゅいた、おじけぢゅいた、まいりまちた」

雪の代わりに謝りながら、生まれて初めて雪への感謝が湧き上がったものだ。よくぞこのかわいらしい姿を引き出してくれた。『世界で一番めんこい猫の、世界で一番めんこいショー』である。それが我が家で開催されているのだ。すべてが雪のおかげである。

しかし、それも束の間のことであった。悲しいかな、猫も人間と同じで大人になると急激に雪への興味を失う。というか、むしろその年のうちに失う。人間は吹雪《ふぶき》の中、仕事に行ったり、毎日雪かきをしたりと実質的被害を被っているから仕方ないものの、猫なんて暖かな部屋の中から眺めているだけなのだから、もう少し雪を愛でてもいいはずだろう。それなのに、あっという間に飽きる。

うちの猫もすぐに雪には見向きもしなくなってしまった。冬の終わりには、「ほらほら雪が降ってきたよー」と声をかけても、

「………で?」

と落ち着いた顔でこちらを見つめるばかりである。もうあのかわいらしい猫パンチを見ることはできないのだ。まさに雪のように儚い、『世界で一番めんこい猫の、世界で一番めんこいショー』であったことよ。あれが見られないなら、もう雪など降らずともいいのに、相変わらず毎年バカみたいに降り続けるのも意味がわからない。猫がいなくて何のための雪か。

と、憎々しげに冬を語ってしまったが、外は春の気配です。

●四月十八日

K嬢が「次は何を育てますか」としきりに尋ねてくる。そうは言っても現在手元に

あるのは、六つ子の残り三人のみである。

『そばの芽』

『白ごま（セサミ）』

『大豆もやし（姫大豆）』

本人たちに聞こえると傷ついてしまうからあまり大きな声で言えないが、こうして並べてもどれも代わり映えがしない。なんというか、先が見えてしまっているのだ。栽培容器に水を張り、種を蒔き、シンク下で下積み生活を送らせながら水を替え、霧吹きで水を掛け、やがて白ひげのような根と芽がちょぼちょぼと伸び、それが数センチに生長したところで外に出す。外には太陽神がおわすので、彼らはほどなく信仰の道に入る。あまり思想が偏らないように日々くるくると容器を回し、もちろん水も替え、背が伸びて緑が濃くなったところで収穫して食べる。味は基本的に草の味である。

これから起きることが手にとるようにわかってしまうのだ。贅沢《ぜいたく》な悩みであることはわかっている。と同時に、六つ子を途中で放り出すわけにもいかないこともわかっている。彼らを全員育て上げることが親の使命なのだ。

迷った末、そばの芽を栽培することにした。四男の「つる松」である。つるつると食べるそばであるから、つる松。スプラウトは麺にはならないという意見もあろうが、スプラウト界のキラキラネームの一種であると捉えてもらってかまわない。

種を栽培容器に蒔く。下段に水を張り、霧吹きで水を掛け、シンク下へ。いつもどおりの手順である。何の迷いも躊躇もない。長男のわれ松の時にはあれほど心配だったシンク下生活も、今となっては単なる寝室扱いになってしまった。

「じゃあね」

暗がりにつる松を置いて扉を閉める時、三人姉妹の末っ子として生まれた友達が、「姉たちに比べて私の子供の頃の写真が格段に少ない」と言っていたことを、ふと思い出した。

●四月二十日
思ったより発芽に時間がかかっている。

●四月二十二日
白いひょろひょろした根と芽がようやく顔を出した。見た目はまだとても頼りない。発芽が遅かったのは、兄スプラウトたちに比べて種殻が硬かったせいかもしれない。つる松の種は黒っぽく角ばっており、触るとかなり硬い。忍者の使う「まきびし」のようなのだ。そのまきびしを破って顔を出したつる松。今は弱々しく見えるが、ひょっとすると何か強いものを持っているのかもしれない。

●四月二十三日

芽が出てからの勢いが予想外にすごい。中には既に身長が一センチ近くに伸びているものもある。このままいけば大きな問題もなく育ってくれそうだが、ただ一つ気になるのは、既にこの段階で太陽神への傾倒が見られることだ。シンク下を覗くたび、どうも皆の小さな身体が同じ方向に傾いている気がするのである。暗がりで暮らしているというのに、一体どういうことか。中に入るとたとえば扉の隙間などからかすかな光が差し込んでいるのか。それとも目には見えずとも、心で太陽神を捉えているのか。いずれにせよ健気で切ない光景である。おそらくつる松は寂しかったのだ。ぞんざいに扱っているつもりはないが、スプラウト育てに慣れた親の姿が、つる松の目には冷たく映ったに違いない。そしてその寂しさを埋めるため、太陽神のかすかな姿に救いを求めて必死に手を伸ばしているのだ。かわいそうなことをしてしまった。

「大丈夫だよ」

何が大丈夫かわからないが、声をかける。

「おまえは忍者の末裔《まつえい》じゃないか」

全然末裔ではないが、そう励ました。強く育ってほしい。

●四月二十四日

つる松に私の声は届かなかった。一日で身長がぐっと伸びるとともに、太陽神への帰依は隠しようがなくなってしまった。日光という名の教えを求めて激しく身を乗り出している。思えば私は今までシンク下の環境には無関心すぎた。中が本当に真っ暗なのか、居心地はいいのか悪いのか、同居のフライパンやサラダ油はよくしてくれるのか、何一つ考えたことなどなかったのだ。つる松が母親の私より太陽神を信頼するのは当然のことかもしれない。

それにしても殻を破ってからのつる松は、恐ろしいほどの生長速度である。背丈はあっという間に栽培容器の縁を超えてしまった。早く大きくなって太陽神様に会いたいということなのだろう。つる松の心の中にとっくに私はいないのだ。悲しいけれど、それが現実だ。

「もう大人になっちゃうの？」

私の言葉など聞こえないかのように、つる松は太陽神を求めている。その頭のてっぺんに黒い種殻を載せたままなのが、唯一感じられる幼さだ。まるでほっぺたにご飯粒をつけたまま反抗する子供のようだと思う。

●四月二十五日

つる松を外に出す。これで親のことなどますます見向きもしなくなるが、いつまでもシンク下に囲い込んでいるわけにもいかない。なにしろ身長だけは既に一人前である。色白で線の細いところがやや気になるものの、それもつる松が持って生まれた性質であろう。こういう子がいずれすらりとしたイケメンとなり、女の子をメロメロにするのだ。幼い時に味わった寂しさが翳《かげ》となって、さらに女心をくすぐる可能性すらある。むしろ心配なのは体格ではなく、精神面である。相変わらず太陽神への傾倒が著しい。三男のまめ松が「まあ参考程度に」と考えていたのとは明らかに違う種類の入れ込み具合だ。人生すべてを太陽神に捧げていると言っても過言ではなく、メロメロだった女の子が全員サーッと引いていくような熱心さである。今日もちょっと目を離したすきに、強風で根元からなぎ倒されたさとうきび畑のような形で身を投げ出していた。集団五体投地である。

●四月二十六日

ひょっとしてつる松は出家してしまったのだろうか。いくらくるくる容器を回してやっても、次に見る時には必ず太陽神にひれ伏している。細身で身軽な身体も幸いしたのだろうか。太陽の光を追いかけ、あっという間に向きを変えるのだ。そこには並々ならぬ決意と意志が感じられる。執念と呼んでもいいほどの篤《あつ》い信仰心である。もちろん出家したならしたで構わない。ちょっとくらいは相談してほしかったとの思いもあるが、あの暗いシンク下に差し込む一筋の光を拠《よ》り所とし、孤独の中で深い思索への道を歩み始めたのだ。つる松の決断を責めることは到底できない。

我が家から初めての宗教家である。これからつる松は、私や兄弟たちには見えない世界を見つめて生きていくのだろう。太陽神の光を存分に浴びながら、きっと豊かで静かな人生の喜びを味わうに違いない。そう思ってつる松を眺めると、頭に載せたままの種殻も修行僧の証としか思えなくなった。純真さと熱意の象徴である。

●四月二十七日

と、つる松の信仰を認めたとたん、なぜか太陽神への傾倒が落ち着きを見せはじめた。昨日までどれだけ容器の向きを変えようが、何度置き場所をずらそうが、頑《かたく》なに太陽神を追いかけてはなぎ倒されたようにひれ伏していたというのに、今日は真っ直ぐ前を向いて立っている。いわゆる「気をつけ」の姿勢。小学校の作文で「きょうつけ」と書いて先生に直されることでお馴染みのあの形である。そうなることを望んでいたはずなのに、実際に背筋を伸ばしたつる松を見ると、そこはかとない不安に駆られるからおかしなものだ。

「何があったの？」

霧吹きで水を掛けながら問いかけるも、修行僧の口は重い。

「宗教弾圧？　それとも破門？」

そうだとも違うともつる松は言わない。いつもと違うことといえば、昨日まで頭に載せていた修行僧の種殻が、今はいくつも下に落ちていることと、白かった茎の色が全体的にうっすら赤みがかってきていること、そしてよりいっそう背が伸びたことである。この容姿の変化は一体何を意味するのだろう。還俗《げんぞく》だろうか。あるいは信仰が新たな段階に入ったのか。たとえば修行者から解脱者へ。教えを請う者から授ける者へ。特別な赤い法衣を身にまとったつる松は、ひょっとすると既に「師」と呼ばれる存在となったのかもしれない。

●四月二十八日

以前から「猫さえいれば教」というものを考えていた。辛い時や悲しい時、誰もが抱く（抱きますよね？）「こんな時に猫さえいればなあ」「猫さえいれば全部解決してくれるのになあ」との思い。その疲れた心の隙をつく……じゃなくて疲れた心に手を差し伸べ、お布施をがっぽがっぽ……じゃなくて人々の魂を迷いから解放する宗教である。ものすごく儲《もう》かりそう……じゃなくて多くの人を救えそうである。「師」となったつる松が開祖となってくれないだろうか。

●四月二十九日

私の汚れた黒い心を知ってか知らずか、つる松が独自の悟りを開いたようだ。一本一本の茎を四方八方に伸ばし、頭の種殻も盛大に脱ぎ捨てている。足下にはそば殻の山。一糸乱れぬ姿で太陽神にひれ伏していた時とは、まるで別人の自由奔放《ほんぽう》さだ。幼い頃から神を追い続けた結果、彼の中にどんな世界が開けたのか。直に聞いてみたいところであるが、無口なつる松である。それは叶わない。ただ、何かが吹っ切れたことは確かなようだ。

●五月一日

つる松の奔放さが止まらない。ある茎は天を目指し、ある茎は地を這《は》い、またある茎は身をくねらせてあらぬ方向を見つめている。種殻を脱ぎ捨てた頭には丸い葉が開き、すべてのものから自由になった姿がそこにあった。つる松が今、自らの目指していた境地に到達したかどうかはわからない。ただ一つだけわかることは、彼が宗教者としても食材としても完成されたということだ。お馴染みの「食べ頃」である。収穫してお浸《ひた》しにした。信念の人にしてはあっさり味であったことを報告したい。

# 第十三回　この世界のどこかに

●五月二十一日

脚が痛い。昨日、道で転んで両膝の下を縁石に思い切り打ち付けてしまった。直後から患部がみるみる腫《は》れはじめ、今はその周りに紫色の内出血が広がっている。ちょうど『キタシンス』の「ユメメ」と「ピリリ」を合わせたような色合いだ。

ああ、キタシンス。まさかこんなことで思い出すとは。デビュー曲『ヒヤシンス全体の花言葉「スポーツ」「ゲーム」「遊び」「悲しみを超えた愛」って仲間外れが一つあるよね』を残し、彼女たちが引退してから二ヶ月半が経つ。皆、今頃どこで何をしているだろう。まあ、何をしているかといえば、水栽培の球根は一年限りということで、花がすべて終わったところで全員燃やせるゴミに出したのだが、しかしそういう表層的な話ではない。私の中でキタシンスの三人は生きている。きっとこの世界のどこかに、彼女たちが幸せに暮らしている場所があるに違いないと信じているのだ。そしていつかまた再び出会える時が来る、と。

たとえば今から二十年後、ふとつけたテレビから懐かしい名前が流れてくる。

「かつて鮮烈なデビューを果たしながら、わずか一曲だけを残し、芸能界を去ったアイドルがいた。その可憐で個性あふれる姿は多くの人の心を魅了し、歌声は今も色褪《いろあ》せない。伝説のアイドルユニット『キタシンス』。彼女たちのその後の人生とは？」

二十年後の「あの人は今⁉」である。思わずテレビに駆け寄り、食い入るように見つめる私。その目に二十年の年を重ねた三人の姿が映る。

シックなバーのカウンターに立つのは、着物姿のユメメだ。引退後、夜の世界に飛び込んだユメメは、生まれもっての妖艶さと聡明《そうめい》さでみるみる頭角を現し、今ではいくつもの店を経営する実業家となった。カメラを見つめ静かに微笑む姿に、自信と貫《かん》禄《ろく》が表れている。

ピリリは新たに家庭を持った。例のヒモ男と別れ、女手一つで子ピリリを育てていた彼女だが、やがて本当に彼女を愛してくれる人に出会って再婚したのだ。子供も生まれた。既に成人した子ピリリは家を出て、今は夫と新子ピリリの三人で暮らしている。幸せそうな笑顔は、あの一途で愛情深いピリリのままだ。

そして、末っ子カーたん。デビュー前の事故で球根が水に浸かって腐りかけ、一時は命も危ぶまれた彼女は、生きる喜びを爆発させるように、引退後すぐに世界各国を巡る旅に出た。その記録がSNSで話題となり、帰国後は自らの旅と人生を綴《つづ》ったエッセイ『腐っても、腐らない』を出版。たちまち人気旅作家となる。今も世界中を駆け回っているカーたん。色白の肌が健康そうに輝き、まぶしい笑顔が印象的だ。

「ユメメ、ピリリ、カーたん……」

立派になった彼女たちを目にして、若き日の可憐な姿がよみがえる。一人だけ花を咲かせ戸惑っていたユメメ、思いがけない妊娠にも動じず夢と子供の両方を守り抜いたピリリ、どんな逆境にあっても決して明るさを失わなかったカーたん。あの日があったからこそ、今日の三人がいる。涙で画面が曇る中、カメラはスタジオに切り替わり、司会者の声が響く。

「今宵、幻のユニット『キタシンス』が一夜限りの再結成。歌っていただくのはもちろんあの名曲『ヒヤシンス全般の花言葉「スポーツ」「ゲーム」「遊び」「悲しみを超えた愛」って仲間外れが一つあるけど何だ?』。天国にいるけめこマネージャーに捧げます」

って歌のタイトル間違ってるし、私、死んでるし。

●五月二十二日
昨日は全然書くつもりのなかったことを、延々書いてしまった。失敗した。本当は六つ子の五男、白ごま(セサミ)のことを書くつもりだったのだ。

実は五男は、昨日から水中生活を送っている。育てるにあたっては、まずは種を一昼夜に亘《わた》って水に浸けよという指示が、袋の裏に記されていたからだ。そこで、言われたとおりガラス瓶に水を張り、中に種をぱらぱらと落とした。この時、注意するのは、あまり入れ過ぎないこと。「発芽すると体積が十倍近くになる」からだそうで、まるで生まれながらにして大きな身体が約束されている相撲エリートみたいな扱いなのである。

が、このエリート、一見したところまったくそんな気配を感じさせない。身体は小さく薄く色白で、しかもシルエットが雫形《しずくがた》というかわいらしさ。その形がやけに馴染み深く、何かに似ているなと考えていたのだが、今日になってわかった。胡麻だ。白胡麻そっくり。どうりで見覚えがあるはずだと納得した直後、

「……いや、そらそうだろ！」

思わず声が出た。そらそうだよ、「白ごま（セサミ）」なんだから。私は一体何を言っているのか。

とにかく、見た目はひ弱である。相撲エリートどころか、村の祭りの子供相撲でも、年下の子に一発で吹っ飛ばされそうな雰囲気だ。しかし今はまだ赤ちゃん。これからどんどん育ち、小学校の集合写真では「大きすぎて逆に目に入らない」という、お相撲さんにありがちなトリック写真のような体格になるに違いないのだ。

現にエリート教育は始まっている。一昼夜水に浸けた種のうち、堪《こら》えきれずに浮き

上がってきたものについては、早く「取り除」くようにとの指示があった。弱き者は土俵にすら上げてもらえずの門前払い、想像以上に厳しい世界に身をおいているのだ。割り箸でかき混ぜると、たしかにいくつかの種が浮き上がってくる。それを取り除き、さらに瓶の口に水切り用のストッキングを被せる。説明書きでは「ガーゼやネットなど」となっていたが、よそはよそ、うちはうちなのだ。

「お母さん、僕、ストッキングなんて嫌だよ。みんなガーゼやネットを被ってるよ」

「みんなって誰！　全員連れといで！」

瓶の口を輪ゴムで留めながら、私自身、子供の頃に親に百ぺん言われた台詞を口にする覚悟をしていたが、しかし五男は何も言わない。弘法筆《こうぼう》を選ばず。ガーゼかストッキングかなどという些末《さまつ》な事象など、最初から眼中にないのだろう。既に相撲エリートとしての自覚が芽生えているに違いないのだ。我が子ながら実に立派である。

彼の志を邪魔せぬよう、私も慎重に瓶を逆さにして水を切る。それから「暗所（ダンボール箱などを利用）」へと運び込む。ただし、我が家の暗所はダンボールではなく、例によって台所のシンク下。よそはよそ、うちはうちなのだ。

それにしても、まさか我が家に体育会系というかスポーツ系が現れるとは想像もしていなかった。確かに五男は見た目からして、兄たちとは違っている。線が細いとか太いとかいう問題ではなく、身体の造りそのものが異なっているのだ。最初、六つ子スプラウトが我が家にやってきた時は全員が同じような「種」や「草」に見えたものだが、それがどんなに愚かなことか、さすがの私も今では理解している。彼らは皆、別のスプラウト格を持った別のスプラウトだ。その中でも、この五男はとりわけ草っぽくはない。袋に印刷された成人後の写真も、草というよりヒゲである。もじゃもじゃとヒゲっぽいのだ。

名前は当然「もじゃ松」とした。お相撲さんでいえば高安《たかやす》の系統。さすが相撲エリートというところだ。

●五月二十三日

もじゃ松は兄たちに比べてかなりの風呂好きで、日に数度の沐浴《もくよく》が必要だという。瓶に水を注ぎ込み、「優しく振り洗い」をするのだ。お相撲さんは相撲部屋に入門すると、すぐに「力士心得」というものを覚えなければいけないらしいが、その中の一つに「我々は服装を正し体の清潔に心掛けます」との文言がある。もじゃ松も、今かららこの「力士心得」を実践しているのかもしれない。

だが、もじゃ松の意気込みに反して、この作業がわりと面倒くさい。本物のお相撲さんは自力でお風呂に入るだろうが、我が家のもじゃ松はまだ母の手が必要なのだ。日に数度、ストッキングを外し、水を注ぎ、軽く回すようにして種を洗う。洗い終わると、再びストッキングで蓋をして水を切るのだが、その一連の動作によって、もじゃ松の小さな種があちこちにくっついてしまうのだ。ガラス瓶の内側にへばりついた種の見た目があまりよろしくないのはともかく、ストッキングに付着してしまうと、次に外した時にどこかへ紛れてなくなってしまうことが多い。

沐浴のたびに種の数が減っていっては、本末転倒であろう。まあ、これを書いている今、「ひょっとしてストッキング越しに水を注いでもよかったんじゃね？　というか、そうすべきだったんじゃね？」と気づいたが、その時は思いつきもしなかったのである。頭悪すぎである。

考えた末、兄たちと同じく栽培容器で育てることにした。ただし、下段に水は入れず、ザル部分のみでの生活だ。沐浴の時だけ水を張って振り洗いをする。終わったらざぱんとザルごと持ち上げて水を切れば、簡単で種が流れる心配もない。頭が急によくなった。むしろ天才かもしれない。

●五月二十五日

引っ越し作戦がうまくいったらしく、もじゃ松から小さなもじゃが伸びてきた。芽なのか根なのかわからないもじゃだが、もじゃであることは確かだ。発芽すると十倍に増えるという体積については、まだはっきりとはわからない。これから稽古《けいこ》をしていく中で大きくなっていくのだろう。

●五月二十七日

もじゃ度がまた少し上がった。順調な生育に安心しつつも、しかし、少し気がかりなこともある。種皮の部分が茶色がかってきたのだ。光の加減でそう見えるのかとも思うが、「きれいな色のもやしに仕上げるには、こまめに水洗いしヌメリをとりましょう！」との注意書きがあることから、水洗いを怠ると汚い色でヌメリのあるもやしに仕上がる可能性があるのだ。それでは子育てが成功したとはいえない。そもそも、そんなもやしを食べる気はしないのだ。

うむ。もやし。さっきから「もやしもやし」と連呼をしているが、「白ごま（セサミ）の話をしてるのにもやし？　もやし突然どこから来た？」と思わなかったでしょうか。私は思いました。そこで例によってグーグル最高顧問に尋ねると、白ごまスプラウトは「もやし系スプラウト」に分類されるのだそう。となると、今度は「胡麻どこ行った？」と思わなくもないが、とにかくもじゃ松は兄たち「かいわれ系スプラウト」とは別物なのだそうだ。最大の特色は、緑化をさせずに収穫まで暗所で育てること。これは即ち、出家僧まで出した六つ子の太陽神信仰が、五人目にして途切れるということを意味する。残された六男が「大豆もやし（姫大豆）」と公に「もやし」を標榜《ひょうぼう》していることからも、我が家の太陽神信仰の終焉《しゅうえん》は間違いない。

もじゃ松も、あとに続く六男も、太陽神とは別の何かを信じて生きていくのだろう。もじゃ松にとっては、横綱昇進を目指し、ストイックな稽古の日々を送るという力士道かもしれない。

●五月二十八日

もじゃが増え、そして明らかに茶色部分も増えた。どうやら光の加減ではなかったようだ。これが通常なのか、あるいはよからぬことの兆しなのかがわからない。もしよからぬことだとして、原因は何だろう。種が少し重なってしまっているせいかと思ったが、見本である成人後の写真を見ると、深い瓶に折り重なるようにしてもじゃっているので、量は関係ないような気もする。気温や風通しや沐浴回数、どこかに問題があるのだろうか。

悲しいことに、私と同じ頃にもじゃ松栽培を始めたK嬢も、昨日から「変な臭いがする」ようになってしまったらしい。彼女の場合は一日家を空け、沐浴を休んだことが影響しているのではないかと推測していた。深い瓶から浅くて口の広い瓶に移し、空気がこもらないようにして、しばらく様子を見るらしい。もじゃ松のデリケートさに改めて震える。

●五月三十一日

まずい。もじゃ松の茶色化が止まらない。根っこのほうから変色してきているようで、その範囲がどんどん広がっている。今はまだ芽や葉部分はみずみずしさを保っているが、それが茶色の波に呑み込まれるのも時間の問題に思える。素人目で見ると、沐浴後に残ったわずかな水分が悪さをしている気もするが、しかし水気は水気で生長には必要だろう。なにしろ水にはスーパー成分が配合されているのだ。何をどうしたらいいのかわからず、沐浴だけをいつもどおり行った。

●六月二日

ついにもじゃ松のほとんどが茶色に覆われてしまった。ぐちゃぐちゃとした感触で、ところどころカビも生えている。洗っても洗っても水は濁り、臭いもキツくなってきた。どう頑張っても、もう回復することはないだろう。親として苦渋の決断を下さねばならない時が来たのだ。

「今までありがとう。よく頑張ったね」

もじゃ松に声をかけ、新聞紙に包んでゴミ袋へ入れる。胸が痛む。そして臭い。間違いなく腐っている。もじゃ松がこうなった責任は私にある。今まで四人のスプラウト兄弟を育て上げ、どこかに慢心があったのだろう。その心の隙をつくようにして茶色化の魔の手が忍び寄ってきたのである。申し訳なさに打ちひしがれると同時に、母としてそれでもこの世界のどこかでもじゃ松が元気に生きていると信じたい気持ちもある。立派な白ごま横綱スプラウトとなって、ファンに勇気と栄養を届けているのだ。

そしてある日、何気なくつけたテレビのトーク番組に、私はもじゃ松の姿を見つけることになる。立派な大銀杏《おおいちょう》に羽織袴《はおりはかま》。横にいるのは、なんとあのカーたんだ。もじゃ松は言う。

「もうだめだと思ったあの時、私は一冊の本に出会いました。『腐っても、腐らない』。亡き母の本棚から見つけたその本を読んで、もう一度立ち上がろうと思ったのです」

ああ、もじゃ松。カーたん。そしてやっぱり死んでいる私。涙で画面が見えない。

# 第十四回　つづらの中身は

●六月九日

六つ子スプラウトの五男、もじゃ松を思わぬ形で亡くしてからというもの、心にぽっかり穴が空いてしまったようだ。第二の猫穴である。もう何をどう育てていいのかわからない。再度もじゃ松に挑戦すべきか、あるいは六つ子の末っ子「大豆もやし（姫大豆）」を新たに育てるべきか、それすら判断できないのだ。

親として情けないが、百人だか五百人だか千人だかの子供がいた鬼子母神《きしもじん》でさえ、たった一人の子の姿が見えなくなっただけで取り乱し、嘆き悲しんだのだから、六つ子の一人を失った私がしょんぼりするのも無理はなかろう。ここは気の済むまで喪に服し、亡きもじゃ松を偲《しの》ぼうではないか。

と思っているところに、K嬢から宅配便が届く。一抱えもある大きなダンボール箱と、片手で持てる小さな箱、そして「花・野菜の培養土」が二袋である。宅配便のお兄さんが玄関に運び入れてくれたそれらを見て、すぐにピンときた。土の袋は別として、二つの箱の大きさが違い過ぎる。以前、きせのさこがやって来た時も大小二つの箱が届いたが、それの比ではないくらいの差があるのだ。

「つづらだな」

私もだてに昔話を聞いて育ったわけではない。見た瞬間につづらだと理解した。こういう時は小さな箱に宝物が、大きな箱にはゴミや蛇やお化けがうじゃうじゃと入っているものなのだ。そうとは知らない欲張りじいさんやばあさんが、お話の中でどれだけ痛い目にあったことか。もしその日が来ても、決して彼らと同じ轍《てつ》は踏まない。正直者の私は、子供の頃からそう決めていたのである。早速、K嬢に告げる。

「小さい箱を開けようと思います」

「両方開けてください」

「え」

かつてそんな強欲な正直ばあさんがいただろうか。大きな箱一つだけでも恐ろしいことになるというのに、両方をだなんて。もし私がお化けに食べられたら、どう責任をとってくれるのだ。

とはいえ、K嬢が開けろというからには開けねばならない。まずは小さい方の箱を開封すると、なんと中から大判小判がざっくざく……ではなく、「種生姜《たねしょうが》」と書かれた生姜入りの袋が二つと、折り畳まれた不織布プランターがこれも二つ現れた。プランターは広げると寸胴《ずんどう》鍋のような形になり、ちゃんと持ち手も付いている。「ご自宅で生姜を育ててみませんか？」とのパンフレットが同梱《どうこん》されており、どうやらこのおしゃれなプランターで生姜を育てよとの命である。

概要を把握したところで、次に大きい方の箱を手に取る。幅も高さもゆうに四十センチはあろうかというサイズだが、しかし実際抱えてみると拍子抜けするくらい軽い。お化けには重さがないのだろうか。恐る恐る中を覗くと、現れたのは大量のエアークッションであった。いわゆる緩衝材である。ぱんぱんに膨らんだ緩衝材だけが、箱の中にみっしり詰められているのだ。

「これをどうしろと……」

今まで椎茸を無事に育て上げ、六つ子スプラウトのうち四人を成人させ、でも一人死なせ、ヒヤシンスのアイドルユニットを芸能界デビューさせた私であるが、その栽培に一度も緩衝材など使ったことはない。生姜というのは何か特殊な方法を用いるのだろうか。それは私にもできることだろうか。不安になりながら緩衝材を取り出すと、一番下に薄っぺらいプラスチックの皿が二枚、ぺらりと収まっているのが見えた。それがプランターの受け皿だと理解するまで少し間があり、そして理解した瞬間、

「ええーっ！」

思わず声が出た。

「これ（皿）に！　これ（箱）？」

自分でもどうかと思うほど驚いてしまったが、確かにネットで注文すると往々にしてこういうことがある。箱と商品のサイズがまったく合っていないのだ。コストやら何やらの大人の原理が働いているにせよ、日頃『送料無料（北海道、沖縄、離島を除く）』の「除かれ罠《わな》」に憤っている北海道民としては、「箱はなるべく小さく！」と指導したい気持ちである。今回は本当に送料無料だったらしいが、それでも「なんならこれピザの箱でよくね⁉」と、いつまでも胸の奥がざわついていた。

その受け皿の上にプランターを広げ、培養土を投入する。一つのプランターにつき、二十五リットルの土が入った。「そうか、土の単位ってリットルか」との新鮮な驚きとともに表面を掌《てのひら》で均すと、少し湿り気のある、いかにも「寝床」というようなふかふかした感触が伝わってきた。

「寝る子は育つ」

そう言い聞かせながら、十センチほどの深さの穴を掘り、種生姜を埋める。十センチというのが重要らしく、深くても芽が出てこないし、浅くても……浅くても何だろう……よくわからないが、あまりよくないのだそうだ。今まで目測を誤り続けてきたので、今回は定規できっちりと測ることにした。測定前、「だいたいこれくらいかな？」と思ったあたりは五センチだったので、測って正解である。ちなみに種生姜といっても見た目はごく普通の生姜で、実際食べることもできるらしい。白い尖った芽がいくつかあって、その部分を上に向けて植えると、やがて地表に緑の芽が顔を出すのだそうだ。植物たちの太陽神信仰は根強いと改めて思う。こんなに暗い土の中で眠っていても、決して太陽神を忘れてはいない。尊い姿を一目見ようと、上へ上へと背丈を伸ばしていくのだ。

植え付けが終わったプランターを、玄関前に二つ並べて置いた。日当たりはまあまあ。一応庇《ひさし》というか屋根はあるが、雨が降ると水やりが不要になる程度のものだ。

「さ、お隣さんにご挨拶して」

生姜たちに声をかける。隣人はきせのさこである。去年の秋、「一年後の収穫をお楽しみに」という気の長い話でもって植えてから約八ヶ月、黒い遮光ネットの下のさらに茶色い土の下で、きせのさこは今もひっそりと生きている。いや、どうだろう。本当に生きているのだろうか。もうずいぶん音沙汰がないが、ひょっとして既に土の中で自身も土に還《かえ》って……と悪い想像をしてしまうくらいのひっそりさである。

「こんにちは、よろしくね」

「……」

きせのさこは何も言わない。まあ、生姜も本当は何も言っていないのだが、それにしてもきせのさこの、この気配のなさはどうだ。思えば、きせのさこの名前を（勝手に）もらった横綱の稀勢の里も、決して口数の多い力士ではない。しかも去年の三月場所で怪我をして以来、ずっと休場が続き、メディアで見かけることも少なくなった。きせのさこと同じようにもちろん復活を信じて応援しているが、姿が見えないとなんとなく不安になってくるのは、お相撲さんもまいたけも同じだ。どちらも早く元気な顔を見せてくれますように。

念じながら、全員にたっぷり水をやる。

●六月十日

生姜の名前は「ジンジャー」と「エール」に決めた。昨日、K嬢と話し合っての命名である。ただし、今のところは単なる土なので、受け皿の色でしか見分けがつかない。緑色っぽい方がジンジャーで、グレーっぽい皿がエールだ。写真を撮ってK嬢にも報告すると、とても喜んでくれた。思えば、今までずいぶんたくさんの名前を二人でつけてきた。けめたけ、われ松、から松、まめ松、つる松、もじゃ松、きせのさこ、キタシンスのユメメ、ピリリ、カーたん。

「皆立派にここから巣立っていった（り死んだりした）ね」

と大家族の夫婦みたいな気持ちになる。

実際、名前というのは不思議なもので、最初はただの「キノコ」や「草」であるのに、呼び続けているうちに徐々に馴染んでくる。やがて愛着が湧き、名前と人格を持った立派なキノコやスプラウトやヒヤシンスに見えてくるのだ。ジンジャーとエールも、その名にふさわしい立派な「生姜の中の生姜」に育ってくれると信じている。

ところで名前といえば、昔うちで飼っていた猫のお父さん猫は、ロシアの有名な革命家と同じ名前だった。レーニン。飼い主の方が某政党の党員だったらしい。最初に聞いた時は驚いて、「ということは、『レーニン、ごはんだよー』とか呼ぶのだろうか」となぜかドキドキしたが、そりゃ呼ぶに決まっているだろう。呼ばないわけがない。

●六月十三日

毎年毎年「今年の気候はどこか変だ」とテレビの人たちが言っている。そして今年に限っていえば、たしかに変だ。六月の初めには二十五度以上の日が続き、なんと真夏日も一日あって、いよいよこの北海道も南国の仲間入りかとテンションが上がったが、ちょうどジンジャーとエールがやってきたあたりからぐっと寒くなった。

今日は雨。最高気温は十一・五度。北国といえども、さすがに寒過ぎである。K嬢が送ってくれた資料によると、「生姜の生育の適温は二十五〜二十八度で、十五度以下になると生育が止まります」ということなので、今、彼らの生育は完全に止まっている。というか、我が家へやってきてからほぼ止まっている。私も気温が氷点下になると活動が鈍り、意味もなく卑屈になって世の中すべてを憎むのだが、ジンジャーとエールもそんな気持ちでいるのだろうか。

資料には生姜一家の来歴も記されていた。波瀾万丈の一家の歴史である。

原産地はインドやマレーシアなどの「高温・多日照・多湿」地域。そこで一家で「このじめっとした暑さがいいよねー。元気でるよねー。見て見て、また子供が増えたよー」と仲良く暮らしていたのだ。

しかし、ある日転機が訪れた。理由は定かではないが、中国に渡ることになったのである。見知らぬ異国の地。慣れないことばかりで苦労の連続であったろうことは想像に難くない。故郷に帰りたいと涙した日もあったであろう。だが、生姜一家は頑張った。持ち前の香りのよさと、全身から醸し出される「なんか身体によさそうな、薬になりそうな感じ」で着々と地位を築き上げたのである。どれくらいの時が流れたであろう。皇帝の寵愛《ちょうあい》も受け、もう大丈夫、ここで生きていけると思ったその時、再び運命が動き出す。上からの命令が下ったのだ。宮殿の庭から遥《はる》か海を見下ろしながら、生姜一家はこう言われる。

「あの海の向こうに小さな島国がある。まだまだ後れた野蛮な小国だ。お前たちはそこへ行き、人々を救うのだ」

そうしてやってきた日本である。グーグル最高顧問によると、時は二～三世紀。卑弥呼《ひみこ》に会えるか会えないかギリギリのあたりであった。

以降の生姜一家の活躍は、もはや語るまでもないだろう。今では彼らが熱帯出身だと知る者も少なくなった。すっかり日本に馴染み、生まれた時から冷奴《ひややつこ》とペアを組んでいると信じる人も多いかもしれない。だが、彼らは決して故郷を忘れたわけではない。「熱帯アジアの湿潤な気候を好み」つつも、「直射日光を嫌う」という繊細さは、国を離れ、流転の人生を歩む彼らに刻まれた苦悩そのものといえよう。決してお気楽な楽天家ではないのだ。

その繊細な生姜がこの北国にやってきたのである。急激な環境の変化に戸惑っていないはずがない。私は曽祖父母世代がそれぞれ岩手と山形という東北からの入植であるが、それでも冬には恨みがましい気持ちになり、「ご先祖さまはなぜこのクソ寒い地にわざわざ来たんだよ。南へ行けよ南へ。海辺で寝そべって、落ちてくる果物食べて暮らしてくれよ」と悪態をつきつつ、雪かきに励む身である。ジンジャーとエールの気持ちは少しはわかるつもりだ。本当に二人でなんとか助け合って、生き抜いてほしい。困った時は隣のきせのさこになんでも相談して……と思うが、きせのさここそまだ生きているのだろうか。それも心配なのである。

●六月十四日

今日も雨。気温は十三・七度。ジンジャーとエールの生育は止まったままだ。しかも昨日はかなりの雨量だったので、慣れないプランターの中で溺れているのではないかと新たな心配も湧く。何人育てても子育てにはそれぞれの苦労があるものなのだ。せめて明るい気持ちになろうと、ジンジャーとエールとの楽しい暮らしを思い浮かべる。彼らに添えられていたパンフレットには、生姜を育てることによるメリットがいくつも述べられているのだ。

曰《いわ》く、話のネタが増える。子供の自由研究にも使える。生姜のある暮らしは嬉しいことずくめだ。手作りのジンジャーエールだって飲める。生姜は買わなくてよくなる。

特に心惹かれたのが、「生姜でいいことが……?」というキャプションがつけられた一枚の写真である。我が家と同じ黒い不織布プランターの上に、茶トラの猫がちょこんと座ってこちらを見ている。色合いがウニの軍艦巻きのようでなんとも愛らしい。生姜栽培のパンフレットにこの写真が掲載されているということは、たぶん何回かに一回はこんな「いいこと」が起こるのだろう。猫の生える「当たり」のプランターがあるのだ。夢のようである。

夜、明日の資源回収に備えてジンジャーたちの入っていた、つづらならぬダンボールを片付けた。猫を飼っていた時は、箱はすぐには捨てられなかった。猫がとことこやってきて中に入り、得意げに鳴いたり昼寝をしたりするからだ。狭い箱が落ち着くようで、毛をはみ出させながらぎゅうぎゅうに眠る姿が今も忘れられない。

一度、明らかに自分より小さな箱に入ろうとして、「前足を入れると後ろ足が入らず、後ろ足を入れると前足がはみ出る」事態に困惑した後、覆いかぶさるようにお腹の下に敷いて寝てしまったことがあった。思わず「結婚してくれ」とプロポーズするほどかわいかった。生姜を植えると、そんな猫が生えてくるのだろうか。楽しみで仕方がない。

# 第十五回　澄んだ目で

●六月二十三日

生姜たちがやって来てから、いつも以上に気温が気になるようになった。昨日今日と最高気温が二十五度を少し上回ったが、生姜のジンジャーとエールにとっては、まだまだ厳しい環境である。寒いだけではなく、雨が多くて日差しが少ないのも問題だ。空気の芯が冷えているような気がする。

いつからこんな六月になってしまったのだろう。北海道の六月は、明るく眩しく爽やかで、長い冬を耐え抜いた北の民を心から祝福するかのような季節であったはずだ。それがここ数年はどうだ。毎日のように冷たい雨ばかり辛気臭く降っている。

このままでは、ジンジャーとエールが育たず、なにより私の「六月二回構想」が狂ってしまう。六月二回構想。それは独裁者を夢見る私が、晴れてその地位に就いた際に、真っ先に導入しようと考えている壮大な計画だ。

大嫌いな十一月を廃止して、大好きな六月を二回導入する。

シンプルだが壮大なこの構想は、あの素晴らしい六月があってこそ実現するのだ。

六月が年に二度も訪れるとなれば、北の民はこぞって歓喜の涙を流すだろう。ましてや冬の始まる十一月と引き換えだ。私の人気はうなぎのぼりとなり、そうして民衆の心を摑んだところで取りかかるのが「冬の削減」だ。最終目標である「冬の撤廃」に向け、段階的に冬を減らしていく方向で（脳内の）話は進んでいる。

問題はどの月から着手するかということで、最初は日が短くて確実に根雪になる十二月かなあと思うものの、寒さと雪の量という点では一月と二月も憎いことには変わりがない。本当はその三ヶ月を一気になかったことにしてしまいたいところだが、クリスマスや年末年始、雪まつりといった行事が目白押しの時期であることを考えると、あまり乱暴な策は避けた方が賢明ともいえる。急な環境の変化は政権への不信感を煽《あお》り、政権打倒運動へと繋がりかねないからだ。そして、なにより私は民主的な独裁者なので、国民生活に混乱を招くような政策は本意ではないのだ。

と、このように六月の気候には私の将来がかかっている。なんとしても元の姿に戻ってほしいと思う。ジンジャーとエールもそれを望んでいるに違いない。

●六月二十四日

願い虚しく、今日も雨が降ったりやんだりのパッとしない天気となった。最高気温はまた二十五度を下回っている。ジンジャーとエールには、なんとかこの寒さを乗り切ってくれと祈るしかない。

そんな中、K嬢が札幌にやってきた。明日、二人で余市《よいち》に出向き、葡萄《ぶどう》農園のお手伝いというか体験入学（入学？）というか見学というか、とにかく農園にお邪魔することになっているのだ。夕方から打ち合わせ。明日の予定を確認する。が、ここでショックなことを聞いた。当初はさくらんぼの収穫もさせてもらえることになっていたが、今年は寒さで発育が遅く、それは難しいのだそうだ。なんてことだ。実は私は果物の中ではさくらんぼが一番好きなのだ。言い方を変えれば、さくらんぼ以外の果物はさほど好きではないのだ。

なぜ好きではないかというと、手続きが煩雑だからである。「剝く」という作業のせいで、とにかく手間がかかってゴミが増えて洗い物も増えてしかも手がベタベタになる。そして、その煩《わずら》わしさを忘れさせるほどの美味しさが常に担保されているかというと、まったくそんなことはない。時々とてつもなく酸っぱいものやスカスカしたものがあって、思いのほか味のギャンブル性が高いのだ。

たとえばスイカ。あれが果物であるかどうかの議論は別として、あの大きさのものが「ハズレ」だった時の衝撃は計り知れない。スイカを一玉買うということは、ハズレ味を大量に抱えるリスクを背負うことである。しかも種がややこしい。処理が面倒で、かといって呑み込むには食感が悪い。呑み込んだら呑み込んだで、「盲腸になる」などと脅されるのだ。

その点、我らがさくらんぼは、ほぼ完璧である。皮を剝く必要は一切ない。当然、手も汚れない。種は取り出しやすく、たとえ「ハズレ」の味であっても、一粒が小さいため衝撃も薄い。さらに言えばあのビジュアル。ぼんぼりのようなかわいらしい赤い玉が二つ、いつも寄り添い合って揺れているとは、どんな奇跡であろうと思う。昔、飼っていた猫があまりにかわいらしかったため、「これは神様の最高傑作ではないか。神様も、うちの猫が出来上がった時は、『俺って天才じゃね？』と自分の神がかり的な能力に驚いたに違いない」と常々思っていたものだが、さくらんぼにもそういった面がある。神様の中のポエミーな部分を凝縮・体現させた果物という感じがするのだ。

私はさくらんぼを食べるたびに、
神様、天才かよ！

と神を称《たた》えることを忘れないが、そのさくらんぼの収穫は今回中止になったのだ。すべては寒さが原因だ。このクソ寒い六月が悪い。

●六月二十五日
午前八時半、ＪＲの札幌駅でＫ嬢と待ち合わせ。遅れてはいけないと妙に緊張し、家から無駄にタクシーに乗ってしまう。乗ってすぐに「バスでも余裕で間に合った」

と気づいて後悔するも、実はこれがさくらんぼの神様の導きであった。なんと運転手さんがさくらんぼ農家の息子さんだったのだ。私が余市の農園へ向かうと知ると、「さくらんぼは雨に弱いんですよ。収穫前に雨に濡れると割れちゃうから、今年なんかは大変だと思うよ」

早速、さくらんぼ薀蓄《うんちく》を披露してくれた。さらには、

「あのね、『月山錦《がっさんにしき》』という品種があってね、これがものすごく美味しいの」

と、初めて聞くさくらんぼの存在も教えてくれたりした。この「月山錦」については、「今までにはない種類の美味しさ」「粒が大きくて黄色くて甘くて、一度食べると忘れられない」「初めて食べた時は本当に驚いた」と、手放しの大絶賛である。ただ、残念なことに、市場にはほとんど出回っていない希少種なのだという。

運転手さんは、

「お客さんも、もしどこかで見かけたら買った方がいいよ。いや、でも出回ってないからなあ。いや、でも絶対買った方がいい。いや、でも出回ってないからなあ」

とぐるぐるした後、

「僕はほら、知り合いの農家から食べさせてもらったけど」

とさくらんぼ農家の息子という特権階級を誇っていた。

お礼を言って下車。K嬢と合流して、JRで余市へ向かう。目指すは、余市にある

『Cave d'Eclat《カーヴデクラ》』農園である。ソムリエでもある経営者の出蔵哲夫《でくらてつお》さんが、余市町の就農支援を受けて、二〇一六年に起《た》ち上げたばかりの葡萄農園だという。そう、昨日からさくらんぼのことしか言っていないのでお忘れかもしれないが、メインはあくまで葡萄なのだ。

出蔵さんはワインをこよなく愛し、ワインの素晴らしさを少しでも広めようと活動しているうち、最終的に葡萄栽培とワイナリーの経営に辿《たど》り着いたのだそうだ。なんという正しい情熱であろうか。私はビールが好きだが、大麦やホップを栽培しようなどとは、今まで思い浮かべもしなかった。せいぜい「独裁者になったら、自分だけはどこの店でもビールが無料で飲めるように憲法に明記しよう」と思う程度である。心の濁った自分が恥ずかしい。

余市駅では、その出蔵さんが出迎えてくれた。はじめましての挨拶をして、早速、車に乗せてもらう。農園へ向かうのだ。出蔵さんとK嬢はワインを通じて知り合ったそうで、車中でもなにやら語り合っている。ワインを飲まない私にはちんぷんかんぷんの話なので、澄んだ目をしてやり過ごすことを心がけた。澄んだ目はたいていの物事を無力化すると、私はくまのプーさんから学んだのだ。

少し走ったところで、車はやがて細い山道へ。ほどなく農園に到着である。車を降りると山の斜面を切り拓《ひら》いた広大な土地に、たくさんの木と苗木が植わっているのが見えた……と表現力が貧弱で申し訳ないが、しかしそうとしか言いようのない光景が広がっている。自然の風景に見せかけて、実に繊細に人間の手の入った美しい景色だ。

「広いですねえ」

三百六十度ぐるりと見渡すと、今上ってきた道の向こうに小さく海が見えた。日本海だ。空は灰色で今にも雨が降りそうな気配だが、ちょうどその厚い雲の切れ間から差す日を受けて、海面が青くきらきらと輝いた。

「天国かよ！」

思わず声に出しそうになったものの、かろうじてこらえる。今まで澄んだ目でじっと座っていたおばちゃんが、突然叫び出してはさぞ驚くだろうからだ。

最初に倉庫で農作業用の手袋と帽子を借りた。倉庫内はかなり広い。大きな農機具が何台も並べられており、それらは畑を購入した時に一緒に譲り受けたものなのだそうだ。そのゴツゴツした機械を見ながら、ずいぶん思い切ったことをしたのだなあと思う。長く続けたという飲食の仕事から、一気にゴツゴツの世界に飛び込んだのだ。町の支援による二年間の研修があったというが、それにしてもである。

密かに感慨にふけっていると、

「では、葡萄の苗木に鹿よけのカバーを付けてもらいます」

出蔵さんに声をかけられ、葡萄畑へ。山の斜面を利用した畑には、数え切れないいくらいの葡萄の苗木が行儀よく並んでおり、それら一つ一つにプラスチックの筒を被せていくという気の遠くなりそうな作業だ。筒は下敷きのような薄い板を二枚組み合わせて作る。支柱ごとすっぽり覆うことで、鹿の食害から苗木を守るのだ。

「鹿、やっぱり出ますか」

「出ますねえ。だからこのあたりの農家の人は、たいてい猟銃免許を持ってます」

鹿肉もよく貰うと言っていた。鹿肉をなんとかいう料理にすると、どうとかいうワインにも合うのだそうだ。なるほど。が、私はワインのみならず鹿肉料理にも興味がないというか、端的に言ってあまり好きではなく、すべてがちんぷんかんぷんなので、澄んだ目でやり過ごしながら作業に取り掛かることにする。

作業自体は単純だ。なにしろ我々にできる仕事はしれている。最初にある程度の数の筒を組み立て、それをカゴに入れて畑へ運ぶ。苗木の周りの雑草を抜き、地面がきれいになったところで、カバーを装着する。それだけの話である。

が、基本的に斜面での作業なので、わりとすぐに足腰にきた。ふだん、まったく動いていないことのツケであろう。さらには雑草抜きが意外なほど大変である。特にクローバーというかシロツメクサの根、それが地中深くに伸びているうえに、かなりの勢いで繁茂している。まだ赤ちゃんのような小さい葡萄の苗木など、簡単に呑み込まれそうだ。

だが、聞けば農園というのはそういうものらしい。常に手入れをしていないと、様々な植物がどんどん押し寄せてくるのだそうだ。

「畑もあっという間に元の茂みに戻ってしまいますよ」

実際、以前は畑だったものが、今ではすっかり藪《やぶ》になってしまったという場所も見せてもらった。蔦《つた》のように長く根っこだか茎だかを伸ばすことで、遠くまで一気に勢力を拡大する植物があるのだそうだ。名前はきれいに忘れたのだが、心の中で「エイリアン」と名付けたそいつは、繁殖力と生命力が尋常ではなく、一度重機で根こそぎ払ったものの、現在再び勢力を拡大してきているらしい。たしかに畑だった面影はすっかり消えている。凄まじいことである。

そんな環境の中で、まさに「手塩にかける」ように、作物を育てているのだろう。私も微力ながら真剣に協力しなければならない。ここからは脇目もふらず一心不乱に作業をしよう、と心に誓ったところでお昼休憩である。

お昼も出蔵さんが町まで車を出してくれた。これでは手伝いというより出蔵さんの作業時間を奪っているだけではないのか……と思いつつ、海鮮丼のお店へ。余市は果物の町でもあるが、同時に海の町でもあり、さらにいえばニッカウキスキーの町でもあるのだ。そのニッカの蒸留所のそばを通りかかった時、見覚えのある書店の明かりが消えていることに気づいた。以前、別の仕事でＫ嬢と余市を訪れた時に、「弊社の本はありませんでした……」とK嬢をしょんぼりさせた思い出の本屋さんである。

「ひょっとして閉店ですか？」

「閉店です」

なんでも去年、白昼堂々刃物を持った強盗に襲われ、現金をとられ、物騒な店というこ とで客足が落ち、ついには店じまいしてしまったそうだ。

「犯人は捕まったんですか？」

「まだです」

どこを切ってもやるせない話である。悲しい気持ちになりながら、それでも海鮮丼は美味しかった。近くのテーブルの男性が、ウニ丼を五口くらいで食べきるのを「もっと……味わって……ウニを……」と祈るような思いで見つめた後、畑へ戻る。

午後も同じ作業に励んだ。カバーを組み立て、それを装着し、シロツメクサを抜く。シロツメクサの根は本当に地中深くまで伸びており、なかなかタチが悪い。力を入れて引っ張ると切れ、かといって指で掘るには深すぎるのだ。以前、どこからか種が飛んできて、我が家の壁に勝手に蔦が這い出したことがある。あの時の根も抜くのに苦労した。途中で折れるのも同じである。最後には牛蒡《ごぼう》のような形状の根が現れて驚いたが、シロツメクサの根もかなりの太さがある。K嬢はそれを人参《にんじん》と呼び、時折、

「完全な形の人参が掘り出せた！」

と小さな声で喜びを表していた。

私もひたすら根っこと向き合う。そうしているうちに頭の中が空っぽになり、『あらいぐまラスカル』のテーマソングだけが延々と流れ続けていた。

しろつめくさの
はながさいたら
さあ　いこう
ラスカル

あの歌も、六月の風に吹かれながらロックリバーへ遠乗りする。シロツメクサはこの季節に咲くのだ。

疲れると、背を伸ばして遠くを見つめた。緑が見え、海が見え、空が見える。天国である。天国の空気を深く吸って、またしゃがみこんで土を掘る。それだけのことなのに、なんだかとても正しいことをしているような気がした。よく女優さんなどが田舎で突然農作業生活を始めたりするが、その気持ちが初めてわかった。身体も気持ちも浄化されるのだ。今まで「なんじゃそりゃ」と笑っていて悪かった、許せ、高木美保よ。と、こんなところで思いがけずの謝罪である。

四時前、帰りのJRに間に合うように、作業を終える。振り向くと葡萄畑のほんの一角に、我々の被せたカバーの列が見えた。この葡萄が収穫できるのは三年後だそうだ。本当に気の長い大変な仕事である。

ちなみに出蔵さんの計画では、将来的に倉庫を改装し、自園の葡萄でのワイン醸造を開始するらしい。眩しい。先の人生を見据え、着々と歩みを進めている真っ当さが眩し過ぎる。私にはない眩しさであるが、せめて独裁者になった暁には出蔵さんもお酒を無料で飲めるように憲法を書き換えようと思う。

夕方のＪＲで札幌へ。Ｋ嬢に、

「あらいぐまラスカルの歌、歌いそうになるのをずっと我慢してました」

と告白すると、

「え？　歌ってましたよ」

と言われた。漏れ出ていたらしい。

# 第十六回　水は大切に

●七月一日

静かだ。今日も三つのプランターに変わりはない。私は土が敷き詰められたプランターをただ眺めている。土の中には、三週間ほど前に植えた生姜のジンジャーとエール、それに大先輩のまいたけ・きせのさこがそれぞれ眠っている。生姜たちは黒いふかふかの土、きせのさこは赤茶色い小石のような丸い土だ。

土に変化はないが、個性はある。

「見て。ジンジャーに日があたってキラキラ輝いているわ。まるで天使の舞踏場みたい。きっと天使がここでダンスを踊るのね」

「雨上がりのエールの表面はしっとりと憂いを帯びた黒い瞳のよう。その奥には一体何が映っているのかしら。遠い異国の故郷の景色かしら」

「きせのさこは七色の虹。水を注ぐとほら、くるくると鮮やかに色を変えるの」

その個性を伸ばそうと頑張ってみたが、さすがに無理があった。土にはさほど褒めポイントがないし、そもそも虹は色を変えないのではないかと思う。くるくる変わるのは猫の目だ。

●七月二日

静かだ。今日も三人に変化はない。きせのさこに関しては、元々「二年後」、つまり今年の秋の収穫を目指しているのだから当然であるとの意見もあろうが、事態はそう単純ではない。既に死んでいる気しかしないのだ。

理由は二つ。水やり忘れがち問題と越冬問題である。

直射日光を避けるようにとの指示に従って遮光ネットを被せた結果、きせのさこ自体の存在感が薄くなり、つい水やりをサボってしまった。そうこうしているうちに冬が来て、土自体がガチガチに凍りついた。念のために玄関の中に入れてみたものの、雪が積もらないだけで玄関だって寒いのは同じだ。水を掛けるとそのまま凍り、プランターの中はさしずめ死の世界となった。今はさすがにとけたが、生きている方が不思議なくらいの過酷な日々だったのだ。

心配の種はほかにもある。きせのさこの名付けの元となった横綱・稀勢の里だ。昇進後すぐに負った怪我の具合があまりよくなく、まもなく始まる名古屋場所の出場も危ぶまれているらしい。もし休むとなると八場所連続休場だ。私としては、体調さえ万全に戻るのなら百場所でも二百場所でも休場したらいいと思うが、現実問題としてそれは不可能であろう。百場所といえば十七年とかそれぐらいだ。二百場所なら三十四年だ。その三十四年後、怪我が完治して場所に復帰したとする。横綱・稀勢の里、六十六歳。いけるかなあ。っていけないだろう。相撲協会の定年も過ぎている。

いや、たとえ定年がなくとも、身体のあちこちが痛くなっているはずのお年頃だ。かくいう私も何ヶ月も肩の痛みに悩まされており、これが噂の五十肩ではないかと病院へ行ったところ、即座に「五十肩ですね」と診断が下り、

「でーすーよーねー！」

と今世紀一番の「ですよね」が出た。聞いてはいたが、本当に理不尽に痛い。寝ていても痛い。というかむしろ寝ている時が痛い。力が抜けて肩が下がるからだとか、無意識のうちに動くからだとか、いろいろ言われたが、理屈はさておきとにかく痛い。寝返りも打てず、布団を引っ張り上げることもできず、それなら起きている時は痛くないかというと、もちろん痛い。上げても痛いし伸ばしても痛いし走っても痛い。振動が肩に響くのだ。ジャンプなど論外。もう縄跳びなど到底できない身体になってしまった。

昔、十九歳で死んだ飼い猫が、だんだん高いところに上らなくなり、最後は座布団への上り下りもよろけるようになってしまったことを思い出す。毛玉のようだった赤ちゃん猫が、あっという間におじいさん猫になって「ニャンじゃよ」と言うようにな

ったのだ。いや、「ニャンじゃよ」とは言わなかったかもしれないが、でも人間よりずっと早く歳をとってしまった。あの時、猫も身体があちこち痛かったのかなあと今更ながら思う。そうとは知らず、当時は「おじいさんになってもめんこちゃんでちゅねえええ」とお腹をふがふがしたりしていた。悪いことをしてしまった。もっといたわって毎晩マッサージなどをしてあげればよかったかもしれない。というか、マッサージはわりとしてあげていたのだが、決まって途中で「どうちてこんなに柔らかくて気持ちがいいんでちゅかあああ」とお腹ふがふがに移行してしまうのだ。

猫にとっては迷惑な話であり、柔らかいお腹を持つのも考えものだということであろう。ちなみに私のお腹もぷよぷよと柔らかいが、それは別の意味で考えものなので少し筋トレなどをした方がいいと思う。

とにかく歳をとるとはそういうことである。やはり二百場所連続の休場明け六十六歳で横綱として場所復帰、は無理なのだ。となると、この後の二〜三場所が正念場になるだろう。早ければ次の九月場所。出場してもしなくても、勝っても負けても、そのあたりで今後に向けてのなんらかの結論が出るに違いない。

九月。きせのさこが生きていれば、ちょうど収穫の時期でもある。頑張れ、きせのさこ。きせのさこが元気でいる限り、稀勢の里も大丈夫のような気がする。

●七月五日

静かだ。今日もジンジャーとエールに変化はなく、私もとりたててすることがない。せめて水やりでもと思うが、雨が降っているのでその必要もない。なんにもない。猫もいない。あるのは水道局からのバカ高い請求書だけだ。

請求書の原因は父である。父は今年のはじめにしばらく入院していたのだが、その際にどうやら一階のトイレの水を流しっぱなしにしていたらしい。普段、父以外の人間は使わないトイレなので気づかなかった。水道局も気づかなかった。水道局くらいは気づいてほしかったが、冬の間はメーターが雪に埋もれていて検針作業が行えないため、気づきようがないのだ。では、検針ができないのにどうやって冬期間の料金を決めるかというと、前回分の料金と同額をとりあえず徴収し、その過不足金は春になってから改めて精算する仕組みなのである（雪国水道こぼれ話）。退院してきた父が気づいて止めた時には、既に結構な量が流れ出ていたのだろう。春になって「お宅、すんごい水使ってんですけど大丈夫？」的なお知らせが届き、慌てて調べたところ今回の件が発覚したのである。

「漏水だった場合は、漏れた分はお支払いいただかなくて結構ですよ」

親切な水道の人は最初そう言いながら点検に現れたが、しかし事情が判明するとすぐに、「水流しっぱなしは漏水扱いにならないんですよねえ」との厳しい沙汰である。

「そこをなんとか」

「ははは。では後ほど正式な請求書をお送りしますね」

と、最後は同情心を一切見せずに帰っていった水道の人。言葉どおり、後日改めて請求書が送られてきて、その非情な現実に未だ呆然《ぼうぜん》としている次第です。そろそろ支払いに行かないと。以上、ジンジャーとエールについて何も書くべきことがないので、我が家の水道事情について書いてみました。水は大切に使いましょう。

●七月八日
久しぶりに晴れ。気温も上がり、ご近所のマンションの窓には洗濯物が盛大に干されている。ベランダではなく窓。いくつかある外開きの窓の取っ手や桟にハンガーを引っ掛けて、垂れ幕のように洗濯物をずらりとぶら下げているのだ。風に揺れるタオルやTシャツや作業着に思わず見入ってしまう。

夜、外出から帰ってきて、稀勢の里の休場を知る。

●七月十三日
静かだ。ジンジャーもエールもきせのさこも、うんともすんとも言わない。「土の中で頑張ってるんですよ」とK嬢が励ましてくれるが、いかんせん中が見えないので実感が湧かないのだ。待つのも子育てだと小学生の時の担任教師は言った。国語の授業中だった。なぜ育てられている側の子供にそんなことを言ったかというと、「親」という漢字を教えるためである。

「親というのは立って木の陰から子供を見ているものなのだ。君たちのお父さんお母さんもそうだ。待つのも子育てだ」

それ待ってるんじゃなくて見てるんじゃゃ？　と口に出す生徒はいなかった。皆、素直に「なるほどなあ」と聞いており、そして何十年も経った生姜栽培の現場で思い出したりするのである。先生の言ったとおり、ジンジャーたちの強さを信じて今はただ待てばいいのだろうとは思うものの、どうにも気がかりだ。うちの子は特別生長が遅いのではないのか。そもそも生姜は通常どれくらいで芽が出るものなのか。

確認のため改めてパンフレットに目を通すと、「六月頃芽が地表に出てきます」と書かれている。しかしその一方で「北海道では六月頃に植えます」とも書いてある。これは、「北海道では六月に植えた生姜の芽が同じ六月にすぐ出るんですよ！　すごいっすね寒冷地！」ということではないと思われる。六月発芽は、ほかの暖かい土地の話であろう。

では北海道ではいつなのかというと、それがよくわからないのだ。情報が、「六月頃に植えます」でぷつりと途絶えている。その後は「最初に一本目の茎が伸びます」

と、発芽の段階をすっ飛ばしてのいきなりの茎登場である。「こちらに十分間煮込んだスープを用意しました」と完成品を持ち出す料理番組みたいな話になっているのだ。

悲しい。パンフレットの製作者は書いている途中で、北海道のことなど忘れてしまったのだろうか。それとも「本当は北海道に生姜なんて無理なんだよ」ということを暗に伝えているのだろうか。どちらにしろ、皆もうちょっと北海道に優しくしてほしい。植えたものがいつ生えるのかくらいは教えてほしいし、できれば通販では「全国送料無料」から除くのをやめてほしいし、天気予報でも「北海道を除く日本全国」という謎の国土を持ち出すのを考え直してほしい。私たちだって真面目に頑張って生きているのだ。この寒い地で。

などと愚痴ってはみたものの、まあ仕方がない。発芽時期については、はっきりわからないということはよくわかった。「インターネットでは五十日で芽が出る、と書いてあるものがありますが、十五センチより深く植えたり気温が上がらないと遅くなります」ということなので、やはり気温が鍵を握っているのだろう。確かに気温が上がらないことにかけては定評がある。この間は七月というのにストーブを点《つ》けてしまった。その日の最高気温が十六度。沖縄の人ならダウンジャケットを着る気温だと前に何かで読んだ。本当だろうか。それはそれで騙されている気がする。

いろいろ混乱しつつ、五十肩の治療のために整形外科へ。肩に注射をされながら、

「痛いからと言って動かさないとなおさら固まってしまうので、食後など動かしやすい時になるべくストレッチをしてください」

と言われる。素直にうなずいたが、家に戻って昼食を食べ、「いざストレッチを」と思ったところで、

「もしや食後ではなく入浴後では？」

という疑問がむくむく湧いてきた。

●七月十四日

大相撲名古屋場所七日目。横綱の鶴竜《かくりゅう》が今日から休場である。もう一人の横綱である白鵬《はくほう》も一昨日から怪我で休場しており、横綱不在の場所となってしまった。もし稀勢の里が元気であったら優勝のチャンスがあったのではないか……と死んだ子の歳を数えるようなことをしてしまう。我が家のきせのさこは、相変わらずの沈黙。

●七月十九日

K嬢から「積算温度」という耳慣れない言葉を聞く。グーグル最高顧問に尋ねたところ、「ある期間の日々の平均気温のうち、一定の基準値を超えた分を取り出し合計したもの」であるという。わかったようなわからないような話だが、生姜の基準温度

は十三度、発芽までの積算温度は百七十度らしい。つまり一日の平均気温が十三度より高ければそのはみ出た部分だけを足し、合計が百七十度になったあたりで発芽となるのだ。また、K嬢の調査によると「作物を植えてから発芽までの一日の平均気温を足した温度」を累積温度と呼び、生姜の場合はそれがだいたい七百八十度必要なのだという。

なるほど。ジンジャーとエールに関してその二つの値を求めれば、彼らが現在、どんな風に土の中で過ごしているかがわかるということか。とても面倒臭そうな計算だが、今の私が二人にしてあげられるのはそれくらいしかない。電卓を用意し、ネットで過去の気温を調べ、種を植えてから今日までの毎日の平均気温を出し、それを元に計算する……前に、一応グーグル最高顧問にお伺いを立ててみる。

「積算温度　計算」

するとどうでしょう。あっという間に自動で積算温度を求めてくれるサイトが現れたではありませんか。さすが最高顧問である。博識ぶりが度を越している。早速、積算開始日（六月九日）と終了日（今日）と基準気温（十三度）と場所を打ち込む。そのうえで「算出」ボタンをクリックすると、一瞬にして「一九四・六度」という温度が表示された。親切なことに一日ごとの平均気温も出てくるので、それは電卓でぽちぽち足していく。「六九四・五度」。

かくして我がジンジャーとエールは、積算温度では発芽準備が整っているものの、累積温度ではあと一息であることがわかった。おそらく今は「出ようかな。どうしようかな。まだ寒いかな」と迷っている段階なのであろう。様子がわかれば心配など無用である。あとは相撲でも観ながらじっと待つだけだ。

その名古屋場所は十一日目まで、関脇の御嶽海《みたけうみ》が勝ちっ放しである。今日は稀勢の里の弟弟子でもある高安と。目が離せない。

# 第十七回　本質は土の中

●七月二十日

今日も生姜のジンジャーとエールは土の中で眠っている。だが、積算温度と累積温度を知った私には、もはや焦りはない。先日の計算によって、そろそろ芽を出すであろうことがわかったからだ。あとは安心して……安心して……何をすればいいのだろう。これが猫なら、毎日のご飯やトイレ掃除や宅配便ごっこ（ダンボールに入り込んだ猫を箱ごと持ち上げ、家人の許に「お荷物お届けにまいりましたー。ナマモノなのでお早めにどうぞー」と運ぶ遊び。人間だけが楽しい）など、「何もない」日々の中にも細々とした用事があるものだが、植物の待機時間は本当に待つだけである。無。この無でありながら実は豊かな時間が植物を育てる人の心をも育てるのだ、ときいた風なことを言ってみても無。しかも口から出まかせなのでたぶん誰の心にも響かない。もちろん私の心にも響いていない。

とりあえず外に出て、ジンジャーとエールに水をやる。天気もよく、久しぶりに気温も上がったので気持ちがいい。もし私が生姜だったら、こんな日に芽を出したい。

世界中から祝福を受けているような気になれるはずだ。そう思い、「もしもーし、いいお天気ですよー」と声を掛けてみるも、ジンジャーとエールには何の反応もない。まあ、仕方がない。まだその時ではないのだろう。

諦めて家に入ろうとした時、ご近所のマンションの窓からぶら下がる洗濯物がふと目にとまった。今日も盛大に干されている。積雪時の強度やメンテナンス上の問題から、北海道にはベランダのない建物がわりとあるが、だからこそ外干しへの欲求はより強まるのだ。

あの洗濯物からは、六つ子スプラウトと同じ太陽への強い思いが感じられる。六つ子が傾倒していた太陽神をご近所さんも崇め、洗濯物を通して自らの中に光を取り込もうとしているのかもしれない。そう考えると風になびく洗濯物が急に神々しいものに思えてくる。神の思し召しを民衆に伝えるべく、キラキラ眩しく輝いているのだ……というのはさすがに言い過ぎであるが、いずれにせよようやくの夏である。ジンジャーとエールも安心して出てきてほしい。

日が暮れても気温が下がらず、窓を開けたまま過ごす。北海道はベランダもないが、エアコンもない家が多いのだ。夜遅く、同じように窓を開けているであろうどこかの家から、子供のはしゃぐ声が聞こえる。皆、夏に浮かれている。

●七月二十一日

友人たちと七人で、一泊旅行に出かける。未だ姿を見せないジンジャーとエールを暗い土の中に置いていくには忍びないが、だからといって予定を取りやめるわけにもいかない。なにしろウニである。積丹《しゃこたん》でウニを食べつつ酒を飲みつつ夜は温泉に入りつつだらだらしなければならないのだ。

朝、八時出発。まずはおたる水族館で「まったく飼育員の言うことを聞かないペンギンショー」などを見る。ペンギン全員あまりに言うことを聞かないので、たまに指示に従うと観客からどよめきが湧くというショーである。このショーには、毎回勇気をもらう。ハードルを低く設定すると生きるのが楽だと、ペンギン先輩が身をもって教えてくれるからだ。今日もペンギン先輩は全然言うことを聞いておらず、でもご褒美の魚はもらっていた。素晴らしかった。私も先輩を見習い、「仕事をせずともお金がほしい」と、飽きることなく世に訴え続けていきたい。

その後、積丹岬で積丹ブルーの海を堪能し、お昼のウニ丼を食べる。つもりだったが、積丹岬、まさかの大混雑である。何事かと思ったら、どうやらインバウンド景気らしい。なんと駐車場へ続く道路からして渋滞している。レストランも外国人観光客でもちろん超満員。こんな積丹岬は今まで見たことがない。

「インバウンドすごい」

「激しくバウンドしている」

「ここまでバウンドするとは」

などと口々に言いつつ、バウンドしていない我々は美国《びくに》の町へ戻ってウニ丼とビール。食べ終えるとすぐに、宿泊予定の雷電《らいでん》温泉へ向かった。

海のそばにある雷電温泉は、子供の頃の憧れの温泉であった。家族で海水浴に来るたびに、あそこに泊まって一日中海で遊びたいと思っていたものだ。あれから数十年。当時の親の年齢も軽く越えたところで、ようやく念願叶った形であるが、私がうかうかしている間に、温泉街自体がすっかり寂れてしまったらしい。今では営業しているのは一軒だけ。もう一軒、数年前まで湯元の宿が頑張っていたものの、土砂崩れの影響でとうとう廃業してしまったのだという。

その一軒だけ残った旅館が今日の宿である。営業中といっても、普段は知り合いが来た時にだけ開けるそうで、予約電話を入れた時は「えっ！　どうしてうちを知ってるんですかっ？」と予想外の反応が返ってきたと言っていた。もちろんほかに宿泊客はない。熱く豊富な源泉かけ流しの湯と水しか出ないシャワーのギャップに驚きつつも、ゆったりのんびりと過ごす。夕飯にはウニ。食後は夜の闇の深さに驚きながら花火をして……って、延々普通の日記を書いているが大丈夫だろうか。

ちなみに一緒に行ったIさんは、去年の秋からベランダのプランターでニンニクを育てている。去年の忘年会で「無限に増え続ける夢のニンニク」を栽培中だと教えてくれたのだ。そして後日、改めてメールでその手順とからくりを説明してくれた。

一、まずは十月上旬（時期としてはぎりぎりです）にプランター、土、むしろ、富良野《ふらの》産高級ニンニク（一個三百五十円）を六個買いました。

二、それぞれのかけらを一つ一つ丁寧にバラして、十センチ間隔で埋め込みます。深さは五、六センチだったかと思います。

三、やさしく土をかぶせてあげる。

四、たっぷり水をあげる。

五、むしろをかける。

六、じっと、ひと冬待つ。

七、すると、なんということでしょう！　一個だったはずのニンニクのかけらが、六個のかけらをつけた立派な一個のニンニクになる（はずな）のです。

本当だろうか、と思ったのである。一個のニンニクに六片のかけらが入っているとして、それが六個分で三十六片。その三十六片が土の中で三十六個のニンニクに生長し、さらにそれぞれ六片のかけらを生み出すとなると、二百十六片。これさえ続ければニンニクは永遠に増え続け、一生ニンニクには困らない生活が送れる。忘年会でも確かにIさんはそう言っていたのだが、ニンニク、本当にそんなに簡単に増えるものなのだろうか。

「Iさん騙されてないですか？」

思わず尋ねると、

「ないですないです」

と満面の笑みで答えていた。ねずみ講を信じていた人もこういう笑顔をしていたのでは、と思わせる表情だ。春頃、「計二十二本の芽が出ましたので、百三十二片が穫《と》れる……はずです」との続報があった（数が減っている）のだが、本日改めて訊《き》いてみると「育ったのは育ったんですけど、なんかだいぶ小さいんですよねえ……」ということである。「冷夏のせいだと思う」と言っていたので、まだ夢を諦めていないようだ。

●七月二十二日

朝、宿のテレビで、はぐたんの安否を確認する。はぐたんは、アニメ『HUGっと！プリキュア』に登場する赤ちゃんである。三ヶ月ほど前、たまたまK嬢とラインをしている最中にテレビで流れていたのがきっかけで、それ以来、毎週プリキュアを

一緒に観ているのだ。まあ、一緒に観ているといっても、ラインで、

「はぐたん、元気だ！」

「はぐたん、ご機嫌！」

「はぐたーん！」

「はっぎゅううう！」

などと言い合っているだけである。引かないでください。

が、実ははぐたんが何者であるかは、私もK嬢もわかってはいない。誰の子かも知らないし、なぜプリキュアが子育てしているのかも謎である。ただ、たまたま最初に見た回で、はぐたんが悪の組織的な何かのあれをそれしようとして意識不明になっていたのを目撃したのだ。赤ちゃんが倒れたまま「つづく」となったため、K嬢と二人でおろおろし、

「な、なんだかよくわからないけど、あの子の無事を確かめないと……」

「ですね……」

と次週での安否確認を決意した。以来、はぐたんの無事の成長を見守るためだけに、プリキュアを観ている。今週もはぐたんは、プリキュアの人たちと夏祭りに出かけるなどして元気そうであった。なによりである。

それにしてもプリキュア、もうかなりの回数を視聴しているはずなのに、ストーリーも設定も一向に頭に入ってこない。理解しようにも難解すぎるのだ。はぐたんをいつも抱っこしているイクメンお兄さんが父親かと思っていたら、今日、彼はネズミだということが判明した。ネズミ。いや、ネズミでもないのかもしれないが、とにかく見た目は齧歯《げっし》類である。しかも突如巨大化かつ凶暴化していた。そのくせ日頃は人間として子育てしているのだ。

わけ！　わからん！

そもそもプリキュアが総勢何人で、敵は誰で、何のために闘っているのかも私は把握していない。ウィキペディアで謎の解明を試みたことがあったが、熱気あふれる膨大な文章量に圧倒されて、読みきれなかった。最近では設定などどうでもよくなってきており、このままはぐたんの成長だけを遠くから見届けたいという、田舎のおばあちゃんのような心境である。というか、なんならプリキュアも闘わなくてもいい。そもそも彼女たちの区別が全然つかないのだ。そのかわり「はぐたんの一日」とかを放送してほしい。はぐたんが遊んだり、ご飯を食べたり、昼寝をしている平和な一日を流す……って私は一体何を言っているのか。

飼い猫が死んでしまい、その心の穴を埋めるべくキノコやスプラウトを育て、ヒヤシンスをアイドルデビューさせ、そしてついにプリキュアの赤ちゃんの人にまで行き着いた。ずいぶん遠くへ来てしまったものである。

●七月二十三日

朝、突然父が「歩けなくなった」と言い出し、家の中がちょっとしたパニック状態になる。腰に力が入らないのだという。本来は別の病院への通院日だったのだが、そちらはキャンセルして近所の整形外科へ。私一人では運べないので介護タクシーを手配し、介助の人を頼み、徒歩十分の病院へ物々しい雰囲気で乗り込んだ。請求されたタクシー料金もなかなか物々しい。結局、検査入院となり、準備や各所への連絡のため家と病院を何度か往復する。その最中、母がさらりと、

「そういえば生姜の芽が出てるよ」

と声をかけてきた。

「ほ、本当ですか！」

驚きのあまりの丁寧語である。確かめると、黒い土の中から小さな緑の芽がひょっこり顔を出している。生姜の芽を初めて見たが、笹《ささ》タケノコの先っぽのような形でとてもかわいらしい。ジンジャーは一センチほど、エールはだいたいその半分の身長だ。母によると、昨日の昼間にジンジャーが発芽し、今朝になってエールも芽を出していることに気づいたそうだ。昨日、私が積丹から帰ってきた時は既に夜。当然二人の様

子は見えず、今朝は今朝でそれどころではなかった。もっと気にかけてやればよかったと思う。

「こんにちは」

ちびジンジャーとエールに声をかける。嬉しい反面、少し寂しい。本心をいえば、私が最初に見つけたかった。今までせっせと水をやり、温度を計算し、日記を書いてきたのは私なのだ。

それが記念すべき発芽スクープを母に抜かれてしまったのである。ずっと一人で子育てしてきたシングルマザーが、初めて二時間だけシッターさんを頼んだその間に、子供が「人生初のあんよ」を披露したようなものである。「とっても上手なあんよでした！　手を広げて一所懸命私に向かって歩く姿がとってもかわいらしかったです！」と書かれた連絡ノートを目にした彼女の胸の痛みはいかばかりかという話だ。

せめてもの愛情表現として、じょうろでたっぷり水をやる。湿っていく土を見ながら思うのは、ジンジャーとエールがひよこじゃなくてよかったということである。もし彼らがひよこなら、今頃私ではなく母のことを自分たちのお母さんだと思い込んでいただろう。私がいくら水をやっても、「お母さんじゃなきゃ嫌だ！」と枯れてしまうかもしれない。本当に生姜でよかった。

●七月二十四日

たった一日しか経っていないのに、二人ともずいぶん背が伸びた。いつも驚くが、植物というのはいったん顔を出すと、目に見えて大きくなる。特にジンジャーは、既に茎の先から小さな葉っぱが顔を出し始めており、ますます笹タケノコにそっくりになってきた。色といい形といい、他人の空似というレベルを超えている。大きくなって「僕の本当のお父さんは誰？　笹タケノコじゃないの？」と問い詰められるのではと心配になるくらいだ。もちろん私は笑い飛ばしたりせずに真剣に答える。

「表面だけを見ちゃだめよ。本質はもっと深いところにあるものなの。そう、土の中。土の中でごろごろしている部分を見てご覧なさい。それが本当のあなたなのよ」

午後、父の主治医に呼び出される。以前手術したヘルニアが再発したらしいが、再手術という歳でもないので、退院か転院をしなければならないらしい。我が家の構造上の問題もあり、とりあえずはかかりつけの病院へ移り、そこで別の持病の治療をしつつ快復を待つことに。慌ただしくなりそうな夏である。

# 第十八回　カラスの宝物

●七月三十日

毎朝、ごみを出しに行くついでに、生姜のジンジャーとエールに水をやる。ごみを出すのは面倒だが、水やりを忘れないで済むのはいい。なにしろ週に五日はごみを出している。昔は「燃える・燃えない・瓶缶ペットボトル」程度だったのが、今では紙やらプラスチックやら草やらと分別が細分化され、それに合わせてごみ収集の回数も増えたのだ。今日は「雑がみ」の日。雑がみ。どうして「雑紙」じゃないのかわからない。漢字の「癌」とひらがなの「がん」では明確な意味の違いがあると聞いたが、「紙」と「かみ」にも何か違いがあるのだろうか。「かみ」というか「がみ」だけれども。わからない。わからないまま「がみ」を今日も捨てている。

ジンジャーとエールはとても元気だ。毎日「大きくなったねえ！」と声をかけてしまう。子供の頃、親戚の伯母《おば》たちに会うたび「大きくなったねえ！」と言われ、どうして大人は毎回毎回同じことを言うのかと不思議だったが、今ではよく理解できる。あれは小さなものが無事に育っていく姿が単に嬉しいのだ。ジンジャーとエールもすくすく育って、嬉しい限りである。

今朝はジンジャーの葉っぱが二枚になっていた。エールはまだ一枚だが、そろそろ二枚目も開きそうだ。この調子でいけば、もうすぐジンジャーに追いつくだろう。一安心である。

実は発芽の時からエールの方がジンジャーより一〜二日分くらい発育が遅れており、同じ日に植え同じ場所に並べたのに、どうして差が出るのかとずっと不思議だった。ひょっとしてエールは自分のことを弟だと思っているのだろうか。ジンジャーとエールという名前に、「一郎と次郎」的な序列を感じとっているのではないだろうか。そう考えて、「お前たちは双子なんだよ」と話しかけたりもしたが、まったく効果がない。それどころかさらに差が開き始めて不安になっていた二日前、朝の水やりの最中にエールのプランターだけが暗いことに気づいた。物置の陰になっていたのである。

「日当たりかよ！」

午前中の数十分、エールの方が日陰にいる時間が確実に長かったのだ。太陽神を信仰するジンジャーとエールにとって、日当たりはまさに命であろう。信教の自由は何《なん》人《びと》に対してもこれを保障すると憲法も謳っているのであるから、すぐさま置き場所を変えて二人に平等に太陽神の恵みが与えられるようにした。それから二日、早くも太陽神のご加護が現れてきたようだ。なによりである。

●七月三十一日

今日は「燃やせるごみ」の日。燃やせるごみと燃やせないごみは有料なので、市の指定の袋に入れなければいけない。この袋、案外お高いのだが、お高いだけあって無駄に頑丈である。ごみ袋にしておくには惜しいほど。何か犯罪にでも使えそうな気すらするが、頑丈なごみ袋を使った犯罪がなかなか思いつかないので、仕方なくもう何年も真面目にごみだけを入れている。

ところが、その頑丈な袋を易々《やすやす》と破るやつらがいる。カラスである。ごみ収集所にはカラス除《よ》けのネットを被せるのだが、始末がちょっとでも甘いとネットの裾を嘴《くちばし》で器用に持ち上げ、袋を引っ張り出しては突《つつ》き回す。そうすると生ごみはもちろん、ごみ袋の中身がなにもかも丸出しになってしまうのだ。この間はなぜか戸籍抄本だか謄《とう》本《ほん》だかがべろりと落ちていた。名前も生年月日も本籍地も誰かの養子であることも、すべてはっきり読み取れる。個人情報祭りだ。こういうのは目にした人も困るので、シュレッダーにかけて、ぜひ「がみ」の日に出してほしいものである。

今朝もカラスが二羽、まさにネットの裾を持ち上げ、袋を引っ張り出そうとしてるところに出くわした。私が近づくと少し離れた場所に逃げ、こちらの様子を窺《うかが》っている。

「お前、余計なことすんじゃねーぞ」

と念じているのが伝わる視線だが、もちろんそういうわけにはいかない。きっちりとネットを被せ、なにくわぬ顔で引き返すと、背後でカラスが「チッ」と舌打ちをした（はずだ）。カラス界ではそろそろ「ネット直しクソばばあ」として私の名が広まっている頃だろう。

ネットが完璧に掛けられたことを知ったカラスは、すぐにバサバサと電線に移動し、そこから私が家に入るまでを見ていた。おそらく自宅を確認していたのだ。復讐《ふくしゅう》を企てているのかもしれない。万が一そうなっても、ジンジャーとエールだけは守らねばならない。

●八月四日

生姜の二人があまりに順調に育っていて、とりたてて書くことがない。エールの日当たり改善計画も成功し、体格もほぼジンジャーに追いついた。二人が夜中にこっそり入れ替わっていたら、どちらがどちらかわからないくらいである。

雰囲気としては既に中学生くらいであろうか。すらりとした体躯《たいく》に細身の葉っぱが何枚もついている。芽の時代は笹タケノコそっくりであったが、生長しても相変わらず笹っぽさが拭えない。これでもう少し身長があれば、七夕《たなばた》の短冊が似合いそうである。

ちなみに、このあたりの七夕は八月七日だ。そして八月七日の日暮れ時、子供たちが歌を歌いながら家々を練り歩く「ローソクもらい」の風習がある。友人たちと提灯《ちょうちん》を掲げながら近所を回り、知っている家でも知らない家でも、とりあえず玄関前で「ローソクだーせー」と歌うのだ。そうすると家から大人が出てきて、今はお菓子をくれる。私が子供の頃は文字どおりローソクだった。意味がわからない。わからないまま、ローソクをもらい歩いた。いつからかローソクの代わりにお菓子を配るようになり、そしてそれが急速に広まったのは、心の底では「なんでローソク？」と皆ももやもやしていたからに違いない。ローソクの意味不明さに比べれば、お菓子の持つ祝祭的要素は非常にわかりやすいのである。

ローソクもらいのおかげで、あの頃は家の中のどの引き出しを開けてもローソクが転がっていた。ローソクというのはそうそう使う機会がないが、改めて捨てる機会もない。あれから何度か引っ越したが、今も家のどこかにあるかもしれない。

などと言うと、ずいぶん昔の話のように思えるけれど、せいぜい四十～五十年くらい前の話だ。と書いて驚く。十分、昔だよ！

●八月七日
あんなに熱く語ったのに、ローソクもらいは我が家に来なかった。遠くで歌声だけが聞こえた。

●八月九日
朝のうちは晴れていたが、午後から急に雲行きが怪しくなって雨。近所の「窓から洗濯物を下げている太陽神信仰のお宅」、略して「太陽宅」の洗濯物がしょぼしょぼと濡れている。静かな雨なので気づいていないのか、あるいは外出してしまったのか、いずれにせよ心配でならない。お気に入りであろう二枚組のグレーのTシャツも雨に打たれている。そう、毎日よそ様の洗濯物を眺めるうちに、なんとなくお気に入りの服までわかってしまったのだ。そんな自分が嫌だが、でも我が家からとてもよく見える場所なので、つい見入ってしまう。怖い。この町内には戸籍抄本だか謄本だかをそのまま捨てる人も、洗濯物をオープンにする人も、そしてそれをじっと見ている私もいるのだ。怖い。私が一番怖い。

　というようなことばかり書いていると、なんだかものすごく暇な人みたいだが、実際はバタバタしている。父の病院からの呼び出しやら転院準備やらケアマネさんとの打ち合わせやらで、細かい用事が途切れない。そのせいで、じわじわと仕事の時間も削られており、いつか取り返しのつかないことになりそうだ。その父はヘルニアが治まって歩けるようになれば帰れるらしいが、なにぶん我が家の玄関が二階にあるのでハードルが高く、未だ方針が決まらない。「だからもっと考えて建てろって言ったのに！」と母が三十年以上前のことを持ち出して怒っている。

水やりの時、ジンジャーとエールの葉っぱの先が少し茶色くなっているのに気がつく。病気の前兆かもしれないとネットで調べてみたが、よくわからない。検索しているうちに、別の生姜の病気がさまざま目について、よけい恐ろしくなった。斑点ができたり、根がどす黒く腐ったり、葉がカスカスになったりと、どれもが胸痛む写真だ。もし、ジンジャーとエールがこんな病気に罹ったらどうしようと、見ているだけで悲しくなる。なにしろスプラウト兄弟と違って外で暮らす身なのだ。病気以外にも、カラスの復讐や嵐にも気をつけなければいけない。私一人で守り切れるだろうか。

葉っぱのことをK嬢に伝えると、「水分が足りないのかも」と教えてくれた。この雨で不足分が補えますように。

●八月十一日

来るべきお盆に備えて母と買い物に行く。レジを済ませたところで花の買い忘れに気づき、母に頼んだのはいいが、いつまで経っても戻ってこない。心配になって捜しに行くと、店員さん二人に支えられて悄然《しょうぜん》と立っていた。

「転んじゃった……」

どうやら右肩を強打したらしく、かなり痛そうだ。一瞬にして最悪の可能性「骨折↓入院↓手術↓あるいは自宅療養↓年寄り二人の世話に忙殺↓仕事が今以上に遅れる↓クビ↓無職↓絶望↓どうせ死ぬならその前に全財産を手に全国カニ三昧の旅」が浮かんで、今すぐ日本海を目指したくなったが、とりあえずは受診が先である。

時刻はお昼前。土曜日なので、急げば近所の整形外科の午前診療に間に合うかもしれない。そう考えてスマホで診察時間を確認するもあなた、なんと今日は休診だというではないですか。

「何でだよ！」

「祝日だよ！」

「祝日って何だよ！」

「山の日だよ！」

「何だよ山の日って！」

グーグル最高顧問とのやりとりも喧嘩《けんか》腰である。本当に昨今の祝日事情には混乱させられる。ハッピーマンデーとかいうものが登場したあたりから、わけがわからなくなった。ハッピーマンデー。その響きも妙に胡散臭《うさんくさ》い。どこかの宗教詐欺師が発行する債券みたいだ。首にも手首にも数珠《じゅず》を巻きつけた白髪《しらが》頭の教祖が現れて「この『ハッピーマンデー債』を！　百万円分買えば！　あなたの幸福度は百万ハッピーハッピー!!」とか言いそうである。

悪態をつきつつ、車で十五分ほどのところにある当番病院へ。思いのほか混んでいる。診察室の中からは、先に呼ばれた若い男性の獣のような声が聞こえる。

「うおおおおお！」

「うわあ！」

「うわうわうわうわ！」

「ぐあああああああ！」

ひとしきりの咆哮《ほうこう》の後、男性は入った時より二十歳くらい老けて出てきた。車椅子での入室であったので、てっきり足に怪我をしたのかと思ったら、腕に包帯をぐるぐると巻いて、悄然としている。本日、二人目の悄然とした人である。人は怪我をすると悄然とするものなのかもしれない。

母も二十歳老けて百歳になるかと心配したが、咆哮するような処置は何もなく、けれども検査の結果はやはり骨折であった。ただ手術が必要かどうかは微妙で、週明けに近くの病院で改めて判断を仰ぐように言われる。瞬間、カニの旅が再び頭をよぎり、今の時期はどこでカニは獲《と》れるだろうと考えていると、看護師さんが母の腕をベルトで固定して三角巾で吊《つ》ってくれた。

「これだけですか？」

「これだけです」

これだけではあるが、利き腕がしばらく使えないことは明らかだ。つまりは家の中のことはもちろん、着替えも入浴も食事の世話もベルトも三角巾も全部私である。カニである。「いやあ、まいったなあ」とつい口に出したら、「ごめんね」と謝られてしまった。

会計時、ロビーの自動精算機が妙に色っぽいことに気づく。「精算が終わりましたん。うふん。お大事にねぇん」という感じだ。帰宅してグーグル最高顧問に尋ねると、色っぽい精算機の報告が各地で上がっているようだった。何かのサービスなのであろうか。

●八月十三日
早朝お墓参りの後、母を連れて近くの整形外科へ。骨のズレがギリギリ手術適応外ということで、通院で治すことになった。通院で治すというか、要は固定して骨がつくのを待つのである。その期間、六週間。六週間。六週間。ショックだったので三回

書いたが、つまり六週間、腕が使えないのだ。頭の中でカニをぐるんぐるんさせているると、母が突然、

「先生！　私、入院したいんですよね！　手術して入院させてください！」

と言い出した。家にいて私に世話をかけるより、入院したほうが迷惑がかからないと考えての発言であろう。気持ちはありがたいが、どう聞いても「虐待して怪我をさせた娘から逃げたい高齢者」になっている。入院は認められなかった。

●八月十七日

ジンジャーとエールのことを全然書いていない気がするが、でも二人は相変わらず元気である。葉先の茶色は気になるものの、さほど広がりを見せていない。雨が続いているので、水分をうまく補給してくれればと思う。それにしてもこの慌ただしい日々の中、ジンジャーとエール（そして皆様お忘れかもしれませんが、まいたけのきせのさこ）の手のかからなさに救われている。最初に猫を飼った時、犬に比べてなんと自己完結した動物なんだと感動したが、それ以上の自己完結ぶりである。なにしろトイレ掃除もブラッシングも不要なのだ。

昼間、出かけようと戸を開けると、玄関前の手摺《てすり》にカラスが一羽止まっていた。

「復讐かっ？」

あまりの至近距離に一瞬ひるんだが、すぐに飛んで行ってしまった。見れば、やつのいた場所に何かプラスチック片のような物が落ちている。プリンか何かの容器のようだ。慌てて忘れていったのだろうか。「プラごみ」に出そうかと思ったが、やつの宝物かもしれないのでそのままにしておいた。

# 第十九回　藁の家

●八月二十三日

暑い。暑いがお盆を過ぎたので、テレビではストーブや除雪機のCMが始まった。本当に毎年毎年飽きることなく季節が巡り、そして巡ってくる季節の半分くらいは冬のような気がする。釈然としない。

生姜のジンジャーとエールは特に変化がなく見えるものの、どうやら生長は止まってしまったようだ。すくすく伸びていた若竹のような勢いは既に感じられず、大人の生姜としての風格というかくたびれ感が出てきたのである。

日々、満員電車に揺られ、一日みっちり働き、なんなら残業もこなし、休日は何か有意義で楽しいことをと思いつつも、つい寝て過ごしてしまって、午後遅く頭痛で目が覚める。そんな雰囲気である。土曜の夕方、

「今日も洗濯できなかった……」

と呆然と夕焼け空を見上げるジンジャーとエールの姿が目に浮かぶ。首をこきこき回しながら、彼らは散歩がてら買い物に出る。忙しさにかまけているうちに独身生姜

生活も長くなってしまった。食事も最近は、コンビニの唐揚げ弁当ばかり食べている。せめて夕飯は鍋にして野菜をたくさん摂《と》ろう。そして少しは身体を動かそう。明日、天気がよければ親友の冷奴を誘って海にでも行こうか。いや、その前にまずは洗濯しなくっちゃ……。

脳内のジンジャーとエールが若干疲れ気味なのは、彼らの葉先が相変わらず茶色くかさついているからだ。水を多めにやるようにはしているが、目に見えた改善はない。ただ、スプラウトのもじゃ松が茶色く腐って死んでしまった時のような、パンデミック的広がり方はしていないので、こういうものなのかもしれないとも思う。生姜に関してはすべてがよくわからないのだ。

それにしても、あっという間に大人になってしまったものだ。と、いつも言っている気がするが、でも本当にそうなのだ。もっと青春時代を楽しんでほしいのに、すぐに人間の歳を追い越してしまう。「成長」から「老化」への移行が早すぎるのである。気がつけば、いつも人間だけが取り残されている……と寂しくなったが、五百年生きるという例の貝を飼ったら「なんで人間すぐ死んでしまうん？」と思うに違いないので、お互い様（？）である。

●八月二十九日

なんとなくエールに元気がない。寝込むとか枯れるとかではないものの、全体的に葉が萎れ、立ち姿がしょんぼりしているのだ。何か嫌なことでもあったのだろうか。たとえば、SNSでチューブ生姜に喧嘩を売って炎上したとかだ。

「チューブ生姜ダサすぎ。カラシと紛らわしい」

その不用意な一言がきっかけである。なんという無神経な言葉であろう。我が子ではあるが、これは明らかにエールが悪い。確かに、あの二つは冷蔵庫に一緒に入っていると、うっかり間違えて手にとってしまう率が高い。だが、だからといって無闇に突っかかる必要などどこにもないのだ。エール、お母さんはお前をそんなふうに育てた覚えはないよ。鏡をよく見てごらん。お前だってウコンにそっくりじゃないか。

エールを諭してみるが、結局は水をやることしかできないのがもどかしい。せめて土の中が覗ければいいのにと思う。蟻《あり》の巣作りを観察するキットがあるが、あんなふうにジンジャーやエールの土の中での暮らしを確かめるのだ。どれくらい育っているのか、誰かにいじめられていないか、足りないものはないか。知りたいことがたくさんある。もちろん生姜だけではない。まいたけのきせのさこの生死も把握したい。我が家にやって来てから、まもなく一年。日に日に「死んでいるかも」疑惑が強まるきせのさこの真の姿を、この目で見たいのである。

●九月四日

曇りのち雨。夜になって急に風も強くなる。窓がガタガタ鳴り始めたので、建て付けが緩くなった網戸を何枚か外して室内に入れた。昔、客間の網戸が突風で外れ、ご近所の庭に落下して怒られたことがあったのだ。庭だから怒られるだけで済んだが、もし人や車に当たっていたら大変なことになっていただろう。

そうならないよう、今回は早めの対処を心がけるも、作業中もどんどん風が強くなり、何度か網戸ごと持っていかれそうになった。「強風に注意」と予報が出ていたが、まさかここまでとは思わなかった。

外にいるジンジャーとエールも気がかりだ。きせのさこはまだ単なる「プランターの土」なので大丈夫として、生姜の二人は剝き身で立っているのである。玄関内に避難させることも考えたが、既に尋常じゃない風が吹いており、その中での移動も危険だ。ためしに玄関の戸を少し開けてみると、一気にものすごい風と雨が吹き込んできた。我が家の玄関は二階である。避難作業中に風に煽られ、プランターごと階段から落ちて死ぬ未来が見えた。どうしたらいいのか。台風の時、田んぼの様子を見に行く人の気持ちがわかった。しかし、わかっている場合でもない。

「物置よ、この子たちの盾になってくれ」

結局、プランターの脇に立つ物置に、ジンジャーとエールの身の安全を託すことにした。突然の大役に物置も驚いているかもしれないが、もう彼だけが頼りだ。

布団に入った後も、風で家が揺れるたびにドキドキする。藁《わら》の家みたいなものである。

●九月五日

朝、プランターの様子を見に行くと、心配したとおりいくつか被害が出ていた。きせのさこは被せていた遮光ネットが剝がれ、避けるよう言われていた直射日光を思い切り浴びている。そのネットは重しごと雨に濡れた地面にぐしゃりと貼り付いている。見た目は汚ならしいが、せめて地面でよかった。これがご近所の車のフロントガラスとかなら、また面倒なことになっていた。

と、ほっとしたのも束の間、ジンジャーとエールの様子が昨日までとは明らかに違う。すらりとした茎に変わりはないものの、葉先がボロボロで、まるで何百年も漂流している幽霊船の帆のようなのだ。一晩中、強い風に吹かれているうちに裂けてしまったのだろう。千切れて飛んで行ったものもあったかもしれない。

「なんてこと……」

無残な姿に、後悔の念が湧いた。やはり昨夜、無理してでも家の中に入れるべきであったのだ。生姜における葉の役割はよく知らないが、生長に無関係ということはないだろう。というか、主に光合成などを担当する部署ではなかったか。それがこんなに無残な姿になってしまった。もはやほとんど原形をとどめていない。

「生きて」

ボロボロの葉を撫でながら、外に傷はないか全身を点検する。すると、なんとジンジャーの根元に小さな新しい芽を発見したではないか。姫竹の先端によく似た、例の緑色のとんがり頭だ。急いで家の中に戻り、K嬢資料を確認する。それによると、これは芽ではなく、「偽茎」や「二次茎」と呼ばれるものだそうだ。土の中で種生姜から枝分かれした新しい生姜が生長している証だという。たとえプランターでも、うまく育てればこの偽茎が次々と顔を出すらしい。当然、それに比例して生姜の収穫量も増える。惨事の中の慶事であるが、そんな大事な時に葉っぱを傷めてしまったかと思うと、やはり手放しでは喜べない。

●九月六日
午前三時すぎ、大きな揺れで目を覚ます。地震である。すぐに収まるかと思ったら、予想に反して揺れは激しくなるばかりだ。大地震がきたら頭に本棚が直撃して一撃で仕留められる位置に寝ているので、文字通り飛び起きて部屋の外へ出た。母の無事を確認しに行きたいが、どんどん激しくなる揺れに廊下の途中で動けなくなってしまった。壁に手をついて必死に身体を支える。家のあちこちから何かが落ちて割れる音が響いた。

「お母さーん！　大丈夫？」

「大丈夫！」

声だけの安否確認を行う。ストーブを使わない季節で本当によかった。揺れはなかなか鎮まらず、風でも揺れる藁の家であるのに、こんなに揺さぶられては潰れるではないかと無性に腹が立ってくる。

少し落ち着いたところで、急いで母の許へ。妹からも電話が入り、全員が無傷であることを報告し合った。ただ、食器棚やサイドボードから飛び出した食器類がかなり割れ、台所や茶の間の床が破片だらけである。片付けようとしたところで、今度は停電。いきなり真っ暗闇になってしまった。

この時、北海道全域で電気の供給が止まるブラックアウトが起きていたのだが、当事者にはもちろんわからない。そのうち復旧するだろうと、浴槽に水だけ溜《た》めてもう一度寝ることにした。横になって目を閉じると、外から人の話し声や車の音がひっきりなしに響いてくる。あの人たちはこんな時にどこへ行くのだろうとぼんやり思う。

六時、二度目の起床。余震も多く、さすがにあまり眠れなかった。改めて家の中を見回ると、母の部屋のタンスが倒れ、和室の壁掛け時計が落ちて地震の時刻を指したまま止まっていた。ドラマや何かでよく見る光景である。

「本当に止まるんだ……」

妙に感動して思わず写真に撮った。水とガスは通常どおりだが、停電はまだ続いている。相変わらず外からは人の行き来する音がひっきりなしに聞こえ、みんな本当にどこへ行くのだろう、と考えてはたと気づいた。

「コンビニか」

せっかくなので、私も出かけることに。よく晴れた、やけに明るい朝である。切ないほどの青空が広がっている。近所の公園の横を通ると、一抱えもある太い柳や桜の木が何本も根こそぎ倒れているのが目に入った。思わず車を止めて、しげしげと眺めてしまう。

地震の被害かと思ったが、近づいて見ると剝き出しの根は乾いており、おそらくは一昨日の強風で倒れたのだろう。この公園は以前にも大風の日に柳の木が根元から折れたことがあり、「柳に風」のことわざを根本から否定しにかかっているきらいがあるのだ。

近所に数軒あるコンビニを回ったら、一軒だけが開いていた。そこでペットボトルのお茶を二本とカップ麺を二個、車でスマホの充電ができるようシガーソケット充電器を買う。充電器こそ最後の一個だったものの、レジの行列もさほど長くなく、食料を買い占めている人もあまりいない。

小さな子供とその父親が交わしていた、

「お父さん、ビールがたくさんあるよ！」

「ビールあっても冷蔵庫使えないから」

との冷静な会話に少し笑ってしまった。私も一瞬ビールを買おうかと思ったが、冷蔵庫が使えない今、冷えたビールはすぐに飲まねばならず、さすがにそれは諦めた。なにしろまだ朝の六時過ぎなのだ。

帰り道、さっきの公園の水道からポリタンクに水を汲《く》んでいる人を見かける。断水している家もあるようだ。私は家に帰ってもすることがないので、母と二人でさっそくカップ麺を食べた。非常食のつもりで買ったのに、どうするつもりか。

午後三時頃に電気が復旧。市内ではかなり早い方だったらしい。早速、掃除機をかける。揺れについては、当初、震度四と発表があり「そんなわけあるか」と思っていたが、後に震度六弱に訂正された。そうでしょうとも。そうでしょうとも。藁の家よ、よく頑張った。

●九月八日

明日から大相撲九月場所である。本当なら初日見物のために東京へ向かうはずの日であったが、さすがにキャンセルした。入院中の父と利き腕を骨折している母と続く余震と通常ダイヤにはほど遠いJRと通行止めの高速道路と、どの筋をたどっても「呑気《のんき》に相撲見物」という目はない。稀勢の里の四場所ぶりの復活に合わせ、そろそろ植え付けから一年が経つきせのさこの収穫を祈る場所だっただけに残念である。

●九月九日
誕生日。夕方、近くに住む友人がわざわざ来てくれる。流通が復活しておらず、生鮮食品がほとんどないので、乾き物で買い置きのビールをしこたま飲んだ。飲みながら冷凍のピザがあるのを思い出し、オーブンで温めようとして思い切り焦がす。泣く泣く捨てた。貴重な食料にこの仕打ちである。いつかこの手のうっかりで、取り返しのつかないことを引き起こしそうで怖い。

市内各地の停電はまだ続いている。父が入院している病院のあたりも、未だ信号機が機能していないそうだ。明後日の退院までにはなんとか復旧してほしい。

●九月十一日
信号は復旧していた。父も予定どおり退院。よかった。

●九月十四日

父に会いにきてくれた近所の奥さんが、玄関前のジンジャーとエールを見て、「これは何が植わってるの?」と訊いた。

「生姜です」

「へえ、初めて見た。なんだかシュッとしてかっこいいね」

葉はボロボロだが、そう言われると私も鼻が高い。

「お通夜は明後日?」

「はい」

「それにしても驚いたわ」

奥さんも驚いたろうが、私も驚いた。

というか本人が一番驚いているはずだ。退院した三日後、父があっさり亡くなってしまったのだ。未だ実感が湧かないが、物流がだいぶ復活したのち、大好きなカツ丼を食べ、私が茹でたとうきびを無断で食べ、隠し持ったお菓子をこっそり食べた後の急変だったのはよかった。停電の時は病院のご飯が塩むすびだけだったと嘆いてたので、なによりだと思う。

●九月十八日

父のバタバタで、しばらくプランターの世話をさぼってしまった。久しぶりにゆっくりと水をやる。ジンジャーの二次茎は少し大きくなり、エールにもその兆しが出てきた。ボロボロの葉で頑張っているのが健気で愛《いと》おしい。

「よし、お前はどうかな」

きせのさこにも声をかけ、いつものように遮光ネットをめくると、

「ぎゃあああ！」

思わず叫びながら、じょうろを放り出してしまった。なんときせのさこのプランターにうねうねとした気味の悪い生き物が大量発生して……え？　まいたけ？　よく見ると、うねうねとした灰色の物体はまいたけのようである。何かに喩《たと》えるとしたら「脳味噌」以外思い浮かばない形状で、標本のように鎮座している。

「きせのさこ……お前だったのか……」

直視する勇気が出ないまま、恐る恐る水をやる。愛情が試されていると感じる。

# 第二十回　穴を埋めたもの

●九月十九日

「きせのさこショック」からなかなか立ち直れない。ぎょっとする見た目もそうだが、なにより目にした瞬間に叫び声を上げてしまった自分が許せない。一年がかりでようやく顔を出した我が子に向かって「ぎゃあああ！」とは何事か。その時のきせのさこの気持ちを考えると、いたたまれなくなる。

思えば、きせのさこは不運な子であった。横綱「稀勢の里」にあやかったたくましい名前を与えられながら、実際には生まれる前から小柄を運命づけられていた。説明書の「ホダ木を寄せて埋めると大きく育つ」との文言を私が見落とし、三個のホダ木を離れ離れに埋めたからだ。「名前負け」と揶揄《やゆ》されたこともあったろう。誰に揶揄されたかというと、えーと、たぶんカラスである。ゴミ捨ての際のカラス避けネットを巡る攻防で、私は近隣カラスの恨みを深く買っているのだ。

「やーい、痩《や》せっぽちのきせのさこー」

カラスがきせのさこのプランターに向かって言う。

「生まれる前から痩せっぽちー。名前負けのきせのさこー。ひとりぼっちのきせのさこー」

カラスに比べ、まいたけは総じて無口だ。言い返すこともできず、どれほど悔しかったことだろう。調子に乗ったカラスは、さらに告げ口をする。

椎茸のけめたけはずっと家の中で暮らしていたこと。朝夕、欠かさず霧吹きの水を掛けてもらっていたこと。収穫が終わると水風呂に入れてもらい、長い休暇をもらっていたこと。

「やーい、それなのにおまえは外に放り出されてひとりぼっちー」

もちろん誤解である。私も外で暮らすきせのさこのために、できるだけのことはした。壁を高くして土をたくさん盛った。遮光ネットの屋根が付いた家も建てた。しかし、その思いがどれだけきせのさこに届いていただろう。

私はきせのさこにとって、決していい母ではなかった。遮光ネットのせいにして水やりを忘れる。凍ったプランターを見て「死んでる気がする」と毎回呟《つぶや》く。先に芽を出した生姜の双子ジンジャーとエールにばかり声を掛ける。

きせのさこは寂しかったはずだ。だからこそ私との対面を楽しみにしていたに違いない。けれども私は対面の日、あろうことか悲鳴をあげたのだ。本当にどれほどの絶望だったろう。

と、考えているうちに本気で悲しくなってきた。頭をちょこんと出した赤ん坊のきせのさこが、少しずつ大きくなっていくさまをこの目で見届けたかった。まさか赤ん坊期が父の葬儀のバタバタと重なってしまうとは、生まれもっての不運もここに極まれりである。

「ごめんね」

しんみりした気持ちで今日も水をやりながら、「いや、でもこれいつまで続ければいいの？」とふいに我に返った。きせのさこの完成形がわからない。

●九月二十六日

母の骨折のリハビリや父の死後の手続きなどに追われ、時が高速で流れていく。今日も妹と二人でいくつかの用事を済ませた後、予約していた年金事務所へ。母の遺族年金の手続きという比較的簡単なミッションのはずであったが、委任状を忘れ、到着早々家に取りに帰るように言われた。ショックを受けていると、職員から温情案が示される。先方の質問に答える形で本当に娘であることが証明できれば、ある程度まで手続きを進めることが可能だというのだ。そこで急遽《きゅうきょ》年金事務所による、「お父さんクイズ」が開催されることとなった。職員の質問に我々姉妹が張り切って答える。

「お父さんが最初に就職した年は？」

「昭和〇〇年！」

「違います！　では退社した年は？」

「〇〇年！」

「違います！　では起業した年は？」

「〇〇年！」

「違います！」

　まさかの全問不正解である。すごすごと家に戻り、委任状を持って再び年金事務所へ。面倒ではあったが、これで無事に母が遺族年金を受け取れることとなった。いなくなってしまった父が、わずかとはいえ母にお金を渡すのだ。

「いやあ、結婚ってしておくもんですね」

　そう言うと職員に爆笑された。

●十月一日

　きせのさこの完成形がわからないまま、十月である。

　なんとなく今日まで来てしまったが、結局のところ初対面の日からきせのさこの大きさにさほど変化はない。ということは、これが完成された姿なのだろう。午後から収穫に取り掛かる。収穫といっても脳味噌部分をそっと手で持ち、引き抜くだけである。

「よいしょ」

一応、掛け声はかけたものの、拍子抜けするほどの手応えのなさに驚いた。きせのさこのデリケートな心を見るようだ。そんなきせのさこを傷つけないように、私も優しく台所へ運ぶ。大きさは、縦二十センチ・横十五センチほどのバットに入れて、ちょうど収まるくらい。カラスには馬鹿にされたけれども、本人の生い立ちを考えると立派なものだと思う。

「よく頑張ったね。稀勢の里も先場所は二桁の白星を挙げたよ」

きせのさこに報告する。本人が稀勢の里に対してどれほどの思い入れがあるかは知らないが、私個人の心情として二人の健闘を讃《たた》えたいと考えたのだ。稀勢の里は来場所また土俵へ、きせのさこは食材として第二の人生を歩んでもらう。それが私の願いである。

そのきせのさこの調理法は、最初から決めていた。味噌汁である。相性抜群の豆腐とともに、味噌汁の具となってもらうのだ。早速、鍋に水を張り、軽く洗ったきせのさこを投入する。別れを惜しむ間もないが、キノコは水から加えるのがいいと何かで読んだ記憶があるのだ。煮立ったところで弱火にして味噌を溶かし入れ、さらに豆腐を加える。まあ、今さら味噌汁の作り方を説明するのもなんだが、不憫なきせのさこを、せめて最後だけでもきちんと送り出してあげたいという親心だと思ってほしい。その気持ちに応えるように、調理の最中から得も言われぬいい香りが漂っている。それにつられるようにして、母も台所にやってきた。

「椎茸も美味しかったよね」

けめたけのことだ。家で栽培するキノコへの期待値が、けめたけの成功でぐっと高まったのだろう。鍋を覗く顔が既に笑っている。

我々の期待を一身に受け、味噌汁が完成。夕飯の食卓に並ぶきせのさこは輝いて見えた。今までの苦労がようやく報われる時がきたのである。

「いただきます」

母と二人でわくわくしながら実食。が、最初のひとくちを食べたところで、思わず顔を見合わせた。

「か……」

「固いよね……」

固いのだ。なんというか全体的に筋張っていて、こりこりというよりはごしごしした食感である。もちろん食べられないことはないが、積極的に食べたいかと言われると、そうでもない。食べたところで、けめたけのような深い味わいもない。

「……」

と、なんとなく無口になる味なのだ。

確かに収穫時から多少の違和感はあった。市販のまいたけに比べて弾力もなく、色も若干異なっていた。だが、それもこれも自家栽培特有の野性味だろうと、都合よく解釈してしまったのである。

失敗の原因はよくわからない。収穫時期が遅すぎたのか、水やりが不十分だったのか、あるいは遮光ネットの威力が弱くて日光にあたり過ぎたのか。素人が考えても埒《らち》が明かないが、いずれにせよ、きせのさこの生涯にまた不運の歴史を刻んでしまったのは事実である。親として非常に不甲斐《ふがい》ない。せめてもの罪滅ぼしに全部食べきろうと思ったものの、それも難しく、結局は何片か残してしまった。申し開きのしようもない失態である。ただ、きせのさこの名誉のために言うなら、出汁《だし》は非常によく出ていた。身を捨てて他者を引き立てる、きせのさこらしい尊い姿であったといえよう。

●十月五日

まだきせのさこのことを考えている。不遇の一生を送らせてしまった上に、最後に花道を飾ってあげることすらできなかった後悔は大きい。認めるのはつらいが、私ときせのさこは最後まで本当の意味ではわかり合えなかったのだと思う。おそらく身分が違うのだ。

私が子供の頃、まいたけは高級キノコであった。「幻のキノコ」と呼ばれ、食卓に上がることもほとんどなかった。たまに口にすると、子供心に「なんて美味しいキノコだろう」と感激したのを覚えている。ある時、あまりの美味しさに、今後はこのキノコを我が家の食事に日常的に取り入れてほしいと母に申し入れたところ、

「高くて高くて！　幻のキノコだから！」

と、子供相手に真顔の拒絶が行われた。あの頃のキノコ界において、まいたけ家はそれほどの権威だったのだ。いわばキノコ界の王家。世が世なら、きせのさこはキノコプリンスとしてこの世に生を受けていたのである。

だが、その後、キノコ界の情勢は変わった。革命かクーデターか、はたまた栽培技術の進化か。真相はわからないというか、まあわかってはいるが、とにかく気がついた時には、まいたけは、バカみたいに安くはないがバカみたいに高くもないキノコとして、スーパーの棚に年中並ぶようになっていたのである。幻のキノコからまあまあのキノコへ。権威が失墜するのはあっという間だった。私にとってはブロッコリーや青梗菜《チンゲンサイ》も、「ある時期から突然流通しだし、みるみるうちに世の中を席巻《せっけん》した新しい野菜」なのだが、まさにまいたけのブロッコリー化が起きたといっていい。

没落した王家のプリンス。何十年も一緒に暮らした実の親の「お父さんクイズ」でさえ全問不正解の私には、彼の複雑な心情を理解し育てることなど、はなから無理だ

ったのかもしれない。

敗北感にまみれながら、きせのさこの家を解体する。遮光ネットを剝がし、柱となった園芸用支柱とダンボールの壁を取り外す。土は家の横の小さな花壇に撒《ま》いた。花壇といっても花は植わっておらず、今は飼っていた猫や犬のお墓になっている。

「みんな仲良くね」

なんとなく声をかけ、私ときせのさこの一年は遂に終わった……のだが、この原稿を書いている今、改めて資料を読み返し、まいたけが三年収穫できることを知った。つまり、あのままプランターに入れておけば、次の年にまたニューきせのさこが生えてきたかもしれないのだ。こうなると不運を通り越して、悲運の王子である。なんと早まったことをしてしまったのか。もちろん全部私が悪い。ごめんなさい。

●十月十日
朝晩の気温がだいぶ下がってきた。日によっては十度を下回ることもある。そのせいか、ジンジャーとエールの偽茎も生長がぴたりと止まってしまった。新しい生姜は偽茎の下に育つらしいので、それはつまり生姜自体も生長していないということである。K嬢資料によると、収穫の時期は「十一月の初霜が降りる前」。しかしこの地の初霜は通常十月である。暖かい土地に比べて植え付けの時期も遅かったため、とても育ち切っているとは思えない。どうしたらいいものか。

●十月二十日
仕事で数日家を空け、昨夜帰宅。そして今朝起きたところで初霜のニュースを聞いた。朝の気温は四・七度。そりゃ霜も降りるというものである。

●十一月二十日
初霜から一ヶ月、収穫に踏み切れないまま、今年も雪が降ってしまった。初雪としては百二十八年ぶりの遅さだそうだが、ジンジャーとエールにとっては、遅かろうが早かろうが同じである。もう十分寒い。南国育ちの彼らに雪を見せてあげられてよかったと前向きに捉える反面、おそらく雪など見たくもなかっただろうなとも思う。保温のためのビニール袋を被せ、玄関内への引っ越しを決める。

●十二月十二日
雪はすっかり根雪になり、既に一週間近く真冬日が続いている。北海道の冬はあまりに早く進む。ジンジャーとエールも、さすがに限界と思われた。どれくらい限界かと言うと、「初霜前に収穫しろ」と言われている、その霜が布製のプランターにみっしりついているくらい限界である。結局、偽茎はあれ以上育たなかった。気温が全然足りなかったのだと思う。

諦めて収穫。

「寒かったね。偉かったね」

茎をそっと引き抜くと、土の中からぽこぽこと生姜が現れた。一瞬「大きい！」と喜んだが、それはすべて種生姜で、我らがジンジャーとエールはほんの親指ほどのサイズである。それでもちゃんと生姜になっているのだから、たいしたものだ。

「よし、冷奴の上に載っけちゃおう！」

量が少ないため、薬味くらいがちょうどいい。いつもより幾分お高い豆腐を買い、その上にすりおろしたばかりのジンジャーとエールを載せた。黄金色にぴかぴか光ってとても美しい。香りも高く、ビールが進んだ。

●十二月十三日

実は、数日前からヒヤシンスを育てている。去年の「キタシンス」とはもちろん別物だが、それでも毎年時が来れば同じ花が咲くのだなあと感心してしまう。「飼い猫が死んで胸にぽっかり空いた穴は植物で埋められるか」という話から始まったこの連載。穴が埋まったか埋まらないかというと、たぶん埋まってはいない。しかしこうして連綿と続いていく命に触れられたのは楽しかった。ヒヤシンスが枯れてもまた次の年には咲くのだし、うちの猫が死んでもよその猫は元気ににゃあにゃあ生きている。もし私がこの世から消えても、私以外の人が笑ったり怒ったりしながら世界は回っていくのだろう。そしてそれは、とても頼もしく美しいことなのだ。と素敵風なことを言うことで、六つ子スプラウトを五人までしか育てていないことをごまかしつつ、なんと今回が最終回です。長い間、ありがとうございました。

おまけ

# 天まで届け

ずっと「ひめ松」のことが心の隅に引っかかっていた。六つ子スプラウトの末っ子、大豆もやし(姫大豆)のことである。ひめ松と名前をつけたものの、連載終了時、彼はまだ種のままだった。早く育てなければと思ってはいたが、すぐ上の兄である白ごま(セサミ)のもじゃ松の死後、なかなか次の栽培にとりかかることができなかったのだ。

なにしろ、もじゃ松とひめ松はよく似ている。長男から四男までは「かいわれスプラウト」であるのに対し、下の二人は「もやしスプラウト」に分類されるらしく、栽培方法も上の四人とは微妙に違うのだ。その微妙に違う栽培に失敗し、五男のもじゃ松をあっさり死なせてしまった。とても残念で悲しいが、一番の問題は原因が未だにわからないことである。説明書に書いてあるとおりに進めたはずなのに、あれよあれよという間に腐ってしまったのだ。あっという間だった。日々茶色く臭くなっていくもじゃ松を、なす術もなく見守ることしかできなかった。

ひめ松の栽培方法は、そのもじゃ松と同じなのである。袋に書かれた手順も文言もイラストも全部同じ。失敗の原因がわからないまま同じ方法を試しても、そりゃもう同じように死なせるしかないという話である。
袋のイラストでは、ピンク色のぴったりとした服を着たお姉さんがスプラウトを育てている。長めの髪を左耳の後ろで一つに結び、目は大きいが鼻と口は小さく、常に微笑んでいるように見える。その微笑みのまま易々と、というか淡々とというか、何の苦もなく栽培に勤《いそ》しんでいるのだ。さらには「かんたん栽培！　おいしく元気！」の文字。実におおらかな明るい文言で、そこには死の影など微塵《みじん》も感じられない。感じられないにもかかわらず、もじゃ松は死んでしまった。「あなたの言う『かんたん』とは……」とお姉さんを問い詰めたくもなるのである。
私の育て方のどこが悪かったのか、何度もイラストを見直してみるが、やはりよくわからない。
一「水につける」
二「水を切る」
三「暗所に置く」
四「水洗いする」
という行程をそのまま実行したはずなのだ。でも、もじゃ松は育たなかった。育ち切れば「心筋梗塞、脳梗塞の予防に効果的！」だったのにだ。袋にそう書いてあった。ちなみに、ひめ松は「成人病予防にも効果的！」だ。いろいろ予防した方がいいお年頃の私のためを思う、親孝行な二人なのである。

などとぐずぐずしているうちに、季節は巡り、とりあえずヒヤシンスを育ててみたりした。前年のキタシンスに続いて、二度目の栽培である。三人組キタシンスに対し、今回K嬢が送ってくれた球根は四つ。赤っぽい球根と白っぽい球根が、それぞれ二つずつである。色合いから察するに、初代キタシンスが果たせなかった紅白歌合戦への出場を狙っているようだ。

十二月はじめ、彼女たちの夢を叶えるため、早速栽培容器に水を張り、球根を載せた。容器はキタシンスのおさがりであるガラスポット三つに加え、ペットボトルで作ったK嬢特製アイドル栽培容器である。それぞれ遮光用の箱を被せて、火の気のない部屋に置く。ガラスポットは自分たちが入っていた箱、ペットボトルは何年も前に母が買ってきたはいいがすぐに飲まなくなったダイエット茶の箱ですっぽり覆った。中身がほとんど残っていたダイエット茶は、「不味くて飲む気がしなかった」らしい。

「あと下痢するし」ということであったが、それをなぜ何年も捨てずに取っておいたのかがわからない。

「ひょっとして高かった？」

「……言えない」

とのことなので、あっさり捨てるには忍びない値段であったのだろうか。

セッティングが終わると、あとはもうほとんど私の出る幕はない。根っこを折らないよう用心しながら数日おきに水を換え、ほどよく根が伸びたところで陽の当たる場所へ移動させるだけだ。たまに写真を撮り、K嬢に送る。それを見ながら二人で、

「赤勝て！　白勝て！」

と応援をした。紅白歌合戦の予行演習である。その声援に応えるように、すくすくと育つ二代目キタシンスたちであったが、実は一つだけ気にかかることがあった。ペットボトルとガラスポットでは、根っこの生長に差があるのだ。ペットボトルの中の根がもじゃもじゃと繁っているのに比べ、ガラスポットの根は明らかに貧弱である。初代キタシンスの時も思わないでもなかったが、比較対象がなかったことと、事故による怪我の影響も考えられたため、なんとなくうやむやにしてしまったのだ。だが、今回は間違いない。ガラスポットヒヤシンスは、根っこの伸びが悪い。

グーグル最高顧問に尋ねると、根の生長は遮光の度合いに影響されるのだそうだ。暗ければ暗いほど立派な根が育つらしい。つまりガラスポットの子たちは、被せた箱の遮光が甘かったということになる。おそらくは箱の紙が薄く、うっすら光を通したのであろう。寝る子は育つというが、よく眠ることができなかったのだろうと思うと、本当に申し訳ない気持ちだ。それにしても、まさかそこまで紙が薄いとは。その点、ダイエット茶の箱は厚手でしっかりしており、さすが母親が値段を言い渋るだけのこ

とはあるのであった。

それでも健気なことに、二月のはじめには、きれいな花が咲いた。白・白・赤・黄色のラインナップである。時期的に紅白歌合戦には間に合わなかったが、皆、可憐で透明感にあふれ、とてもかわいらしい。初代キタシンスのような開花日の差もあまりなく、粒ぞろいの四人となった。ステージ映えする彼女たちの写真を毎日のように撮ってK嬢に送り、二人で褒め称えることも忘れなかった。

「咲いたわねー」

「咲いたわー」

「きれいねー」

「きれいよー」

作家と編集者の語彙の貧弱さに驚くが、とにかく事あるごとに二人でじっくりと愛で、引退まで見守ったのである。

最高顧問

というわけで、二代目キタシンスもあっという間に引退してしまった。花の命は本当に短い。残るはいよいよひめ松のみである。

もじゃ松の死からなんと一年以上、いい加減なんとかしなければなるまい。ダメ元でもう一度同じ方法でやってみるかと思っていたある日、K嬢がネットで見つけたという新情報を教えてくれた。とある種の販売サイトで、例のイラストのお姉さんが、まったく別の方法でもって大豆もやし栽培の指南をしているというのだ。手順はこうである。

一「種をまく」
二「発芽させる」
三「日光に当てる」
四「できあがり」

明らかに私が目にしていたものとは違う。なるほど、こちらが正解だったとしたらうまく育たないのもむべなるかなである。と一瞬納得したが、同時に何か妙な気もする。どこか見覚えがあるのだ。ひょっとしてと思い、六つ子たちの種の袋を確認したところ、やはり長男から四男まで、つまりは「かいわれスプラウト」の栽培方法と同じイラストであることが判明した。お姉さんが「できあがり」のシーンで左手を挙げてにっこりしているのもそのままである。

これは一体どういうことだろう。かいわれスプラウトも、もやしスプラウトも、結局は同じ方法で育つのか、あるいは販売サイトに何かミスがあったのか、もしくは我々を攪乱《かくらん》する何者かの陰謀か。

却《かえ》ってわけがわからなくなり、もうなるようになれと栽培を開始することとした。

●二〇一九年十月二日

ひめ松の種を蒔く。一応、二通りの育て方を試してみようと、いつもの栽培容器に加え、小皿を一枚用意した。栽培容器ではもじゃ松と同じ「もやしスプラウト」方式を、小皿では他の兄たちと同じ「かいわれスプラウト」方式をとることにしたのだ。大きく違うのは、種の寝床である。もやし式においては、種は毎日の水洗いの後に水気をよく切らなければならず、一方のかいわれ式の種は、常に水分を必要としている。そのため、もやし式の種はザル、かいわれ式の種は濡らしたキッチンペーパーの上で日々を過ごすことになるのだ。

「死んだもじゃ松の分も大きくなっておくれ」

祈りを込めながら、それぞれに霧吹きでたっぷりと水を掛け、シンク下へと運んだ。暗い場所での下積み生活が大切なのは、どちらも同じなのだ。扉を閉めたところで、もやし式の「種を一昼夜水に浸けます」という過程をすっ飛ばしてしまったことに気づいた。気づきたくなかった。早速だが、もうだめかもしれない。

●十月三日

昨日たっぷりの水を与えたせいか、種が膨張している。特にもやし式のザルの上は、膨らんだ種でぎゅうぎゅうになってしまった。種といっても大豆もやしであるから、大豆である。そりゃ大豆が水を含んだら大きくなるだろう。見た目は既に納豆である。

まずはもやし式の栽培容器に水を張り、ザルごと種を洗う。日に何度も揺すり洗いをしなければならないらしい。もじゃ松の時は瓶の中で洗い、その口に古いストッキングを被せて水を切るという方法を採用したため、あちこちに種が貼り付いたり水切りが甘くなったりしてしまった。今回はザルをざっぱーんと水から上げれば完了なので、水切りという点においてはずいぶん改善されているはずだ。

一方のかいわれ式に「洗え」との指示はない。が、なんとなく心配になって小皿に水を注入して軽く濯いだ。仕上げに霧吹きで水を掛ける。水も滴るいい大豆、である。

●十月五日
とりたてて変わった様子はないが、洗った時に水が濁るようになってきたのが気がかりだ。もじゃ松も水が濁り出してきたあたりから、状態が悪化しはじめたのではなかったか。心配である。

●十月六日
芽と根が少し伸びてきた。もやし式もかいわれ式も生長スピードに差はないものの、栽培容器の構造上、もやし式の方が縦に伸びやすくなっているようだ。網目の下に根っこが伸びるスペースがあるからだろう。寝そべってもじゃもじゃしている小皿のかいわれ式に対し、頭に種をつけたまま、数字の「9」の形で立ち上がっているものもいる。健気でとても立派だ。

ただ、水の濁りは変わらない。芽を出さずに、もろもろと崩れる種というか豆も増えている。割り箸で摘《つま》んで捨てようとしたところ、すぐにぐにゃりと潰れてしまった。崩れた豆には、茶色い斑点が出現しているのも気になっている。もじゃ松の時はこれが一気に広がり、やがてすべてが腐ってしまったのだ。まださほど強くはないが、独特のぬめりや臭みも出てきてしまった。

●十月七日

一日で豆の茶色化がかなり進んでしまった。昨日まではいくつかの豆に斑点のようにぽつりぽつりと見えていた茶色部分が、今日になって一気に広がってしまったのだ。一度発生した茶色化は、もう元には戻らない。もじゃ松の時もそうだった。みるみるうちに全員が腐ってしまい、全滅したのである。

迷った末、手遅れにならないうちに緑化させることにした。もやし式では収穫まで暗所に置くように言われているが、元々かいわれ式では「五〜六センチほどに伸びたら、日当たりのよい窓際などに置き、日光を当て」るよう指示されているのだ。思い切って、ここから全員をかいわれ式栽培法に変更するだけのことである。夜、今まで空だったもやし式栽培容器の下段に水を入れ、根が少し触れるようにした。かいわれ式は軽く水洗いした後、一緒に外に出した。かつてキタシンスのカーたんが一時期暮らした台所の窓辺が、新しい住処《すみか》である。

●十月八日

朝の光の中で見ると、かなり危機的な状況であったことがわかった。栽培容器の中も小皿の中も、思った以上に茶色化の波が押し寄せている。傷んでいる豆を捨てると、数は半分以下になったが、風通しがよくなり、見るからに清々《すがすが》しい。

●十月九日

久しぶりに六つ子の太陽神信仰を目のあたりにしている。日に何度も向きを変えてやらなければ、すぐに五体投地の体勢に入るのだ。しかし太陽のおかげか、昨日まで黄色だった頭の種も、白くてひょろひょろしていた茎も、既に力強い緑色に変貌しつつある。大豆もやしとして食用にするなら、ひょっとすると今が収穫時期かもしれないが、今のところそこまで育っているのは十本足らずだ。しかも昨日までのぬめりや臭みを思い出すと、なかなか食べる気にはならない。死ななかっただけよしとして、とりあえずこのまま緑化を進めることにする。

●十月十一日

さらなる成長を促すため、小皿の上のひめ松を小さなガラス瓶に引っ越しさせた。もじゃ式もかいわれ式も、生存率は三割程度であろうか。もう食用にするつもりはないので、あとは元気に育ってくれればいいと思う。「9」の頭の部分が割れ、そこから小さな葉っぱが続々顔を出し始めている。

●十月十九日

勢いはとどまるところを知らない。新しい葉がどんどん伸び、完全に蔓《つる》となってしまった。支柱を立ててやればいいのかなと思いながら、なんとなくそのままのひめ松を眺めている。

●十一月六日

ガラス瓶に挿していたひめ松をコップに移す。背が伸びすぎて、小さなガラス瓶では支えられなくなってしまったのだ。栽培容器のひめ松も元気すぎるほど元気だ。どこまで大きくなるのだろう。

●十一月十五日

今のひめ松を見て「大豆もやし」だとわかる人はほとんどいないのではないかと思う。どう見ても、自由奔放で野性味に溢れた力強い蔓草である。その勢いは素晴らしく、やがて天まで届くかもしれないという気になるほどだ。

もしそうなったら、私はひめ松を伝って天まで登ろう。天の国では、昔飼っていた猫が幸せに暮らしている。その猫と久しぶりの再会を果たして、たくさん遊ぶのだ。キャッチボールもするし、紐ごっこもする。紐ごっこは、私が紐を引きずって歩くと猫がじゃれながらついて来るという、どこが「ごっこ」なのかわからないけれどもとてもかわいらしい遊びである。昔は家の廊下を何往復もしたものであるが、天の国は広いからもっとのびのびと走れるはずだ。

そして最後にちょっとだけ抱っこをさせてもらう。あまり抱っこの好きな猫ではなかったが、久しぶりに会ったのだから、それくらいは許してくれるだろう。腕の中の温かくて柔らかな猫の体は、私の胸に空いた「猫穴」にすっぽりと収まる。そして永久にそれを埋めるのだ。

ひめ松が本当に天まで伸びるといいなと思う。

# 文庫おまけ　猫が足る……

●二〇二三年三月某日

K嬢から『ロスねこ日記』の文庫ゲラが送られてくる。久しぶり過ぎて、まるで他人の日記のような新鮮な気持ちで読み始め、やがてしみじみ呟いてみる。

皆、いなくなってしまった。

思えば、連載終了から四年以上の年月が流れているのだ。当たり前といえば当たり前だが、それにしても我が家をとりまく状況はずいぶん変わってしまった。

本書の中の植物（キノコもいるけど）は、全員食べられるか枯れるかして、今や跡形もない。けめたけの家であるプラスチックケースは本棚の上で埃《ほこり》をかぶり、キタシンス用のガラスポットや六つ子の栽培容器は、物入れの奥深くにしまわれている。まいたけのきせのさこの住処であったプランター、そこには翌年春菊の種を蒔き、「よーし！　明日の朝には収穫だな！」と楽しみにしていたまさに当日の朝、カラスに全部食われていることが発覚した。ゴミ出しの帰りに収穫しようと思っていたのに、見事なくらい何もなくなっていた。カラスの方が早起きだったのだろう。

そのきせのさこの名付けの由来となった横綱・稀勢の里も既に引退。大風で大木が根こそぎ倒れた近所の公園は、残った木もほとんど切られ、今はのっぺりとした広場になってしまった。そこを通りかかるたび、あの頃のことを思い出す。父の入院と母の怪我と信じられないほどの大風と大地震とが次々に襲いかかり、まるで洗濯機の中でぐるんぐるんに回されているかのようだったあの年の夏の終わりだ。

ぐるんぐるんは地震の一週間ほど後に訪れた父の死によってさらに加速し、加速したまま三年後に発覚した私の病気と半年に亘る治療を巻き込み、そして先月の母の死とともにぴたりと止《や》んだ。いや、止んだかどうかは不明だが、静かにはなった。

今はもうここには誰もいない。

いるのは私と猫だけだ。

……え？　猫？

そう、猫がいるのですよ。びっくりしました？　うふふふふ。

三年前の夏、一匹の保護猫が我が家にやってきたのだ。保護当時で推定六歳。今年の夏で九歳になる、真っ白な女の子だ。

はなまる、と名付けた。はなまるは、柔らかくて温かくて賢くて優しくておとなしいけど人懐こくていたずら好きで甘えん坊でいい匂いがしてもうこの世のものとは思えな（略）。とにかく、毎回毎回どうして我が家には世界一かわいい動物がやってくるのかと、日がな一日飽きずに眺めてしまう存在だ。眺めついでにふわふわのお腹に顔を埋めると、今は換毛期のせいもあって猫の抜け毛が私の顔中に満遍なくくっつき、感触としてはもにゃもにゃと大変気持ち悪いが、心情としても、「これでケメコもはなちゃんと同じ猫になっちゃいまちたねー。ほら、はなちゃんのお母さんでちゅよー」

と毛まみれの自分を母猫に見立てたりして、やっぱり気持ち悪い。久しぶりとの猫の暮らしで、自分が気持ち悪いということを実感することになってしまった。

もちろんそれ以外にも、実感したことがある。先代猫の死によってぽっかり空いた心の「猫穴」は、新しい猫では埋まらないということだ。あの穴は先代猫専用のもので、クッキーの型抜きのようにちゃんと先代猫の形をしている。それは誰にも塞ぐことはできず、そうする必要もない。

だから今は時々、猫穴の縁をはなまると一緒に撫でてみる。はなまるの柔らかくて温かくていい匂いがして（略）最高の肉球が先代猫の形をなぞるたび、ぽっかり空いた猫穴に穏やかな幸福の気配が満ちていくような気がするからだ。

「ここに大好きな猫がいたんだよ」

そう言う私を、はなまるは不思議そうな顔をして見つめている。

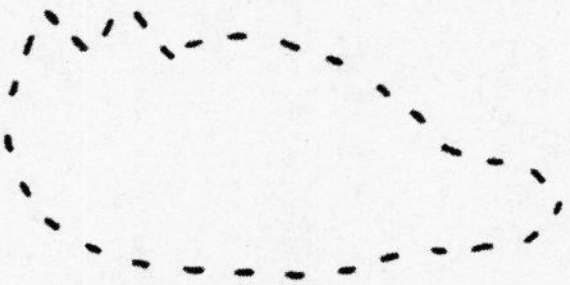

# 解説

町田そのこ

最初に書いておきたいことがある。

この作品執筆ののち、北大路さんはめちゃくちゃめんこい白猫、はなまるはなちゃんと暮らすことになります！　ヒューヒュー！　やったね！

はなちゃんは、最初は何ともニヒルなお顔をしていたのだけれど、だんだんと柔らかな表情に変わっていった。いまではすっかり、愛されっ子国民的アイドルのようだ。北大路さんがTwitterでアップする写真はどれを見ても可愛《かわい》く、そしてとにかく穏やかでしあわせそうだ。わたしはその変化の様子をずっと眺めていたのだが、近所に住む訳知り顔おばさんの如《ごと》く「そりゃあねえ、あの家に嫁げば（嫁げば？）こうなることは分かっておったサ」と深く頷《うなず》いたものである。北大路家に迎え入れられて、愛されないわけがないのサ。

本作を読み終えたみなさまも、きっと同じ気持ちであろう。はなちゃんがどれだけ愛を浴びて日々を生きているか、想像に難くない。そして、北大路さんがどれだけはなちゃんにめろめろであるか、ということも。だってあんなに焦がれていた猫ちゃんだもの……あ、先に解説を読む派の方、ここから先はネタバレしがちなので、ここは後回しにしていただけますか。本編を満喫していただいたのち、またお会いしましょう。

では、本題に入ります。

北大路エッセイあるあるであろうが、わたしは北大路さんのエッセイは家でひとりきりのときにしか読まないと決めている。必ず「グフ」と変な声が漏れてしまうからだ。今回も例に漏れず、「グフ」が出た。何度も。わりと、初っ端《しょぱな》から。

猫でしか埋められない猫穴を埋めるために、植物を育てる。何とも素敵なアイデアである。みどりのゆびならぬ茶色のゆびを持つわたしとしては、ぜひとも美しい花園を作っていただきたい。そして完成ののちには『けめこの秘密の花園』なんて感じで一般公開していただき、そうなればわたしは北海道旅行を兼ねて聖地巡礼などをしようじゃないか……と思っていたら、何と椎茸《しいたけ》栽培からスタート。椎茸って、どういうこと。書いているいま、改めて「いやいやいや。やっぱ意味わかんない」と頭を振ってしまった。植物を育て愛《め》でることで埋まるものは確かにある。それは分かる。しかしどうして椎茸？　よっしゃここはひとつ椎茸から始めっか！　って考えること、ある？　提案した担当K嬢の思考も不思議だが、それを受け入れる北大路さんも不思議すぎる。

しかし最も不思議なのが、読んでいる内にだんだんと「埋まる、かもな？」と思うようになっていた自分である。はっと気付けば、けめたけと名付けられた椎茸の成長を願っていた。最後は食卓を豊かにし、北大路家の栄養となったけめたけ。収穫したてはとにかく美味《おい》しいというけめたけ。某なめこ育成ゲームに興じたこともあるわたしは、けめたけを心から応援していた。

その後に登場する面々もなかなかキャラが立っていて、それぞれ応援に精を出した。キャラが立っていたのは北大路さんとK嬢の付ける名前がいい仕事をしていたようにも思うが。『きせのさこ』はなかなか出ないって。ネーミングセンスという名の才能が大暴れだなと感心すらした。

そんな中で特に身を入れて応援したのは、『キタシンス』だ。わたしの推しは『ピリリ』。ピリリしか勝たん（って、ちょっと言ってみたかった）。

押しも押されもせぬアイドルとなるはずの身でありながら、昔馴染《なじ》みのヒモ男との愛に溺れていくところなど、大映ドラマ的悲哀があると思いませんか。思いますよね。あんたもっと幸せになれるはずなのに、どうしてそう不幸の道を選ぼうとするの！小さなころから面倒を見てくれていたけめこマネージャーやメンバーのみんなの気持ちも考えて……！　と、わたしは歯嚙《はが》みせずにはいられなかった。でも子ピリリを育てる母として凜《りん》としていたピリリの姿はうつくしかった。もちろん、すべてを受け入れた他のメンバーも愛がある。みんなの確かな絆《きずな》が垣間見《かいまみ》えて、ファンとしては結果的にすごくよかったと思っている。子ピリリと四人で『ヒヤシンス全体の花言葉「スポーツ」「ゲーム」「遊び」「悲しみを超えた愛」って仲間外れが一つあるよね』を歌う姿はとても輝いていたっけ。

『キタシンス』の活躍はほんの束《つか》の間のことだったけれど、しかしわたしの心に彼女たちはずっと生き続けることだろう。わたしも第二の敏腕マネージャーを目指したくなって、ついつい買ってしまったヒヤシンス水耕栽培キット（まだ手付かず）がその証《あかし》だ。あ、いえ、買ったところで満足したわけではないんですけど、でもこう始めるタイミングが見つからないっていうか、へへ。

おっと、話が逸《そ》れてしまった。いや、そんなに大きく逸れてはいないか。だってわたしは確かにけめたけの成長を見守り、けめこマネージャーの心をやきもきさせた『キタシンス』のデビュー物語を見つめていたのだから。

北大路さんは、他愛《たわい》ない日常の中に生き生きとした物語を息づかせることができるひとだ。

誰しもがさらりと見逃してしまいがちな些細《ささい》な出来事に、何てことのない行動の中に、喜びやおかしみ、少しの感傷を孕《はら》む物語を生む。その物語たちは、わたしたちが見慣れてしまった世界に新鮮な色を纏《まと》わせ、小さな驚きと喜びを与えて夢中にさせる。日常を描いているエッセイを読んでいるはずなのに、上質の物語に触れたときのような感覚に陥ることは、そうそうない。しかし北大路さんのエッセイでは、それがたやすく起きる。

例えば本作では、様々なものを栽培する——と言ってしまえばそれだけのことを扱っているのに、ページを捲《めく》る手を止めさせない。読んでいると心が柔らかく揺れ動き、口元はいつも弧を描き、そして読み終わった後も優しい余韻が残る。何かを育てる楽しみを、改めて考えてしまう。

そしてもうひとつ。

そんな魅力を持っているのに、いや、持っているからこそだろうか、読んでいる間中、『居酒屋の隣の席にたまたま座っていたお姉さん』と話しているような気安さを感じてならない。お姉さんは少し不思議で、心が躍るお話をしてくれる。現実なのに、どことなく夢の世界のような話に心ゆくまで耳を傾け、感情を揺らす。

居酒屋の隣の席、というのが大事だ。

友人や先輩、お悩み相談所の所員、そういう存在ではない。だから、悩むひとの背中を思い切り押してくれはしない。叱咤《しった》激励はしないし、全部を優しく受け止めもしない。ましてや妙案を繰り出しもしない。そういうことはしないけれど、ただ、かさかさになった心に潤いを与えてくれる。

日々に塞いでいたり、世界がくすんで見えたり。日々を生きていれば、どうしても心が持ち上がらないことがある。そういう状態は『心が干からびている』から起こっている。水も飲まずに走っているのと一緒だ。心が潤いを求めて飢え、それゆえに足を一歩踏み出すのも苦しい。渇いているから、普段ならひょいと飛べるはずのハードルにだって躓《つまず》いてしまう。

乾いた心は適度に潤さなければいけない。萎《しお》れかけた花が水を浴びて顔をすっと持ち上げるように、ひとの心も潤いを得れば自然と顔が上がるものだ。遠くにだって、走れるようになる。その潤いはさまざまあるけれど、北大路さんのエッセイは間違いなくそのひとつだ。豊かに紡がれる物語と心安い人柄は、読み手の心を優しく潤す。

だからこそ、北大路さんはたくさんのひとに愛されているのだろう。もちろん、わたしも北大路さんが大好きだ。

そして、これからもはなまるはなちゃんと一緒にたくさんの物語を作って、わたしたちに話して聞かせてほしいと願っている。

（まちだ・そのこ／作家）

――本書のプロフィール――
本書は、二〇二〇年二月に小学館より刊行した単行本に、書き下ろしを加えて文庫化したものです。

JASRAC出 2303042-301

本文デザイン　芥　陽子
本文イラスト　牛久保雅美

小学館文庫

# ロスねこ日記《にっき》

著者　北大路公子《きたおおじきみこ》

二〇二三年六月十一日　初版第一刷発行

発行人　石川和男
発行所　株式会社　小学館
〒一〇一－八〇〇一
東京都千代田区一ツ橋二－三－一
電話　編集〇三－三二三〇－五九五九
販売〇三－五二八一－三五五五
印刷所 ―――― 図書印刷株式会社


ISBN978-4-09-407261-7